国家古籍整理出版专项经费资助项目

唐 宋 小 品 丛 书

欧明俊　主编

欧阳修小品

〔宋〕欧阳修◎著　　李谷乔◎注评

中州古籍出版社

·郑州·

前 言

　　欧阳修，字永叔，号醉翁、六一居士。吉州庐陵（今江西吉安）人。生于宋真宗景德四年（1007），卒于宋神宗熙宁五年（1072），是北宋著名的文学家、史学家和颇有建树的政治家。

　　一般而言，我们熟悉的是那个作为政治家和文学家的欧阳修，他官至翰林学士，他名列唐宋八大家，他被称为欧阳文忠公。可是，他也是一个儿子、一个丈夫、一个父亲、一个爷爷、一个朋友……他不只是书上的那个名字，他也曾是一个鲜活的人，行走在大宋的天空下。本书中收录欧阳修散文近八十篇，从这些极具个性化文字中，我们看到了不一样的欧阳修。

　　欧阳修四岁时，其父欧阳观去世，他在母亲抚育下长大。欧阳修母亲郑氏出身江南名门望族，知书识礼，对欧阳修学业督教甚严，有"画荻教子"的典故。在《泷冈阡表》一文里，欧阳修通过转述母亲的家常话，记叙了一些家庭往事，真切地再现出父亲的仁厚之心与母亲坚毅的教养精神："其（欧阳观）居于家，无所矜饰，而所为如此，是真发于中者邪。呜呼！其心厚于仁者邪，此吾知汝父之必将有后也。"欧阳修母亲追忆亡夫时说的这段话，实实在在，没有半点儿溢美之词，真实再现了欧阳修家的家风。欧阳修成人以后，深深感念父母的懿德。母亲是欧阳修一生至亲至敬的人，也是他拼搏进取的动力。当郑老夫人七十二岁病故时，欧阳修肝肠寸断，在《与十四弟书》中，他极度哀伤，甚至竟认为母亲病故，全因自己"罪逆深重"，骂自己"不孝深苍天、罪逆深苍天"。其实，中国古代有"人生七十古来稀"的说法，且郑老夫人体质一直就不好，又少寡，独自一人抚养幼子，一生遭受的艰辛苦难可想而知。她最终能够享寿七十二，与欧阳修平日悉心照料，是密不可分的。

欧阳修十七岁那年参加科举考试，因赋文出韵没有考中，三年后再考，取得了参加礼部会试的资格，然而次年的会试，又没考中。连遭两次科场失败，无奈之下，他去洛阳谒见大学士胥偃，请求对方给予文章方面的指导。胥偃极为赏识欧阳修的文才，并认定其必成大器。经胥偃保举，欧阳修得以应试开封府国子监，并连中监元、解元和省元。天圣八年（1030），欧阳修以殿试甲科十四名及第，得授将仕郎、试秘书省校书郎，充西京洛阳留守推官。金榜题名的同时，他还收获了与胥偃之女的美满姻缘。天圣九年（1031），欧阳修到洛阳赴任，娶胥氏为妻。胥氏出身大家名门，端庄贤惠，欧阳修对妻子疼爱有加，小夫妻感情极好。然而，结婚不到两年，胥氏便因产后卧病，不治而终，身后留下一个刚出生的儿子，这孩子也不满月就夭折了。接连遭到生离死别打击的欧阳修，无法接受如此残酷的现实，他痛断肝肠，在《述梦赋》中用饱蘸血泪的笔墨，追记了这段刻骨铭心的爱情，抒发了对爱妻骤然去世的无尽哀思。

欧阳修很爱孩子，他舐犊情深，然而天不成全，有好几个子女未及成年便夭亡了。其中有个女儿叫欧阳师，长到八岁病故了。欧阳修悲痛不已，写了一篇伤逝之作《哭女师》。"暮入门兮迎我笑，朝出门兮牵我衣。戏我怀兮走而驰"，平淡的日常，多么温馨美好的时光啊。想到女儿"髫两毛兮秀双眉"的可爱模样，欧阳修悲情难抑，他极度自责，"于汝有顷刻之爱兮，使我有终身之悲"，做父亲的，感觉自己过去给女儿的爱实在太少了，只能算是"顷刻之爱"，现在却是物是人非事事休。欧阳修也很关心隔代人，其心思的细腻，到了令人吃惊的地步。有一次，他得知孙子患病，便马上给大儿子写了《与大寺丞发书》，叮嘱说要给孩子吃青黛丸或豆蔻丸，甚至连药方的成分、哪种适合小孩子服用，他都不厌其烦地细心嘱咐。这絮絮叨叨的家信，洋溢着浓浓的骨肉深情，读这样的家书，又有谁能看出这出自一位享誉文坛且官居宰辅的北宋名臣的手笔呢？

　　欧阳修讲义气，忠于友情。景祐三年（1036），范仲淹上《百官图》，指责宰相吕夷简任人唯亲，触怒了吕氏集团。吕夷简由此攻击范仲淹"越职言事，离间君臣"，并以辞官相要挟。最后，宋仁宗贬范仲淹为饶州知州。此时，左司谏高若讷诋毁范仲淹，甚至说范仲淹此番遭贬是咎由自取。这让欧阳修忍无可忍，于是，他写了《与高司谏书》，为范仲淹伸张正义，并讽刺高氏"身惜官位，惧饥寒而顾利禄，不敢一忤宰相以近刑祸，此乃庸人之常情”，怒斥其“饰己不言之过”，"反昂然自得，了无愧畏”，这实际是“以智文其过，此君子之贼也”。文章最后，欧阳修不忘挖苦，“足下在其位而不言，便当去之，无妨他人之堪其任者也”，这简直就是撵高若讷下台的话了。高氏看到此信后，老羞成怒，第二天就把这封信上报给朝廷，欧阳修因此被贬为夷陵（今湖北宜昌）令。

欧阳修是忠心正直的臣子，他历仕宋仁宗、英宗、神宗三朝，一生宦海沉浮，始终坚持求真务实、勤政为民的政治理想。康定元年（1040），欧阳修被召回京，复任馆阁校勘，后知谏院。庆历三年（1043），范仲淹等人推行“庆历新政”，欧阳修极力支持。庆历五年（1045），新政失败后，欧阳修受牵连被贬为滁州太守。此后，他在扬州、颖州、应天府等地方为官辗转了十二年，直到至和元年（1054）八月，才又回到汴京，次年担任了翰林学士。嘉祐五年（1060），擢为枢密副使，次年任参知政事。神宗即位以后，因不赞成王安石推行新法，他被迫出任青州、蔡州等知州，熙宁四年（1071）致仕，退居于颖州，次年病逝。

欧阳修求真务实的精神，集中体现在史论、政论文章上。在《纵囚论》里，他的辩锋直指千古帝王楷模唐太宗。欧阳修认为唐太宗纵囚一事，实属沽名钓誉之举。在他的逻辑里，没有谁是权威，他信奉的是真理、道义和常识。《富贵贫贱说》提出君子可以用非常之手段谋取非常之事，体现出政治家的务实与铁腕精神。在千古名篇《朋党论》中，他坦诚革新派是朋党，并理直气壮地说朋党"自古有之"。全文没有一个字为革新派辩解，他希冀的是皇帝能够辨清"君子之朋"与"小人之朋"的差异，最重要的是，他论述了小人实则无朋，君子才是真朋，原因在于小人喻于利，"利尽而交疏"，君子喻于义，守道义、行忠信、惜名节，"同心而共济，始终如一"。他赏识、举荐王安石，但作为地方官，他从百姓利益出发，激切指责王安石的青苗法绝非"惠政"，而是官府硬性向农户放债取利。在朝政改革问题上，他与守旧势力的代表吕夷简有很多矛盾，但他非但没有利用职权之便，打击报复吕夷简的儿子吕公著，反而还向皇帝荐举吕公著有宰相之才。这就是欧阳修，他是典型的传统知识分子，儒家思想内化到了灵魂深处，让他在举手投足之间，尽显儒雅风范。

　　朝堂之下，欧阳修多才多艺，有很多高雅的爱好。欧阳修爱花，他写的《洛阳牡丹记》是我国现存最早的关于牡丹的专著。文章品评牡丹等次、解释花名由来、讲解时人玩赏牡丹的风俗和牡丹栽培方面的窍门等，体现出了十分严谨的专业性。他喜欢游山玩水，《丰乐亭记》《醉翁亭记》都是著名的游记散文。作为滁州太守，他为收成大好而陶醉，为琅琊美景而陶醉，为淳朴的民风而陶醉，为当地醇香清冽的美酒而陶醉。欧阳修好集古，是金石收藏大家，大概从庆历五年（1045）至嘉祐七年（1062）的十余年的时间里，他收集金石拓片多达千卷，并且常常为所藏拓片写序跋文字。金石收藏确乎带给欧阳修无穷兴味，以至于到了不能自拔的程度，他说"足吾所好，玩而老焉可也"，大有人生路漫漫、金石常相伴的味道。欧阳修还喜欢收藏名砚，他写了《砚谱》，将中国各地出产的名砚一一列举出来，从产地、色泽，到纹理、发墨性能，再到前人以及时人的评价，全都娓娓道来。此外，欧阳修还收藏名琴，但他的兴趣却不在琴的等次上，而只是弹琴来自娱心性；他酷爱书法，写出的干墨方字，别具一番神韵，甚至在酷暑天里仍兴致勃勃地练习书法来求得心静清凉；他还爱好诗词，喜欢结交文友，他与梅圣俞、石曼卿、尹师鲁等人，都是至交……

　　欧阳修是北宋诗文革新运动的领袖，是唐宋八大家之一。他的文学成就以散文最高。他一生创作散文五百余篇，各体兼备，有政论文、史论文、记事文、抒情文和笔记文等。他的散文大都写得平易自然、流畅婉转，叙事既得委婉之妙，又简括有法；议论纡徐有致，却富有内在的逻辑力量。《朋党论》《新五代史·伶官传序》《与高司谏书》《醉翁亭记》《丰乐亭记》《泷冈阡表》等，都是历代传诵的佳作。欧阳修还开了宋代笔记文创作的先声，有笔记小品集《归田录》，记述了朝廷遗事、职官制度、社会风俗和士大夫的趣事逸闻，写得生动活泼，富有情趣。

　　本书精选其哲思深刻、意趣清雅、情志深厚的近八十篇散文，并依据这些文章的内容意蕴，分为六卷。第一卷，浮生三千，人情世态知多少，选录的是欧阳修晚年写的《归田录》中的笔记小品文。第二卷，文人雅事，平生意趣足堪寄，选录的是寄寓着文人雅趣的小品文。第三卷，友义亲情，诚挚心意存尺牍，选录的是流露作者真情实感的赠序信札。第四卷，人间正道，沧桑道义相砥砺，选录的是道义感强的杂记和碑志类文章。第五卷，生死哀乐，愁绪满怀无处诉，选录的是情深意切的祭文和赋体文。第六卷，骨鲠忠正，至论名言标千古，选录的是立论忠正的论说文。可以说，这些文章是欧阳修真性情的表达，平易自然又耐人寻味，堪称欧阳修散文创作的精华。本书选文的文字部分参考上海辞书出版社《全宋文》、中华书局点校修订本《新五代史》以及大象出版社《全宋笔记》。各篇注解、赏析或有错误和不当之处，欢迎读者朋友们批评指正。

目　录

卷一　浮生三千　人情世态知多少

开宝寺塔　　／3

鲁宗道私入酒家　　／5

和凝询价　　／8

君臣互信　　／11

杨亿失宠　　／13

李汉超誓死效忠　　／15

卖油翁　　／17

功臣末路　　／20

小鬼难惹　　／23

宋庠改名　　／25

曹彬其人　　／27

真宗取士　　／29

钱氏笔格悲喜剧　　/31

蜡烛与油灯　　/34

孙仅幸免文字狱　　/37

元昊之死　　/40

田元均司库务　　/43

君子笃学　　/46

盛肥、丁瘦、梅香、窦臭　　/49

吕蒙正拒贿　　/52

卷二　文人雅事　平生意趣足堪寄

游大字院记　　/57

画舫斋记　　/60

丰乐亭记　　/64

醉翁亭记　　/68

菱溪石记　　/72

月石砚屏歌序　　/76

《七贤画》序　　/79

《集古录目》序　　/82

三琴记　　/86

《石鼓文》跋　　/90

跋永城县学记　　／93

《龙茶录》后序　　／97

仁宗御飞白记　　／100

记《旧本韩文》后　　／103

砚谱　／107

南唐砚　／112

题青州山斋　　／115

六一居士传　　／117

卷三　友义亲情　诚挚心意存尺牍

送陈经秀才序　　／125

与高司谏书　　／128

与尹师鲁书　　／135

送曾巩秀才序　　／141

送杨寘序　　／145

与十四弟书　　／149

送徐无党南归序　　／152

《苏氏文集》序　　／156

与十二侄（通理）书　　／161

书梅圣俞稿后　　／164

与大寺丞发书　　／170

卷四　人间正道　沧桑道义相砥砺

非非堂记　　／175

戕竹记　　／178

夷陵县至喜堂记　　／181

偃虹堤记　　／185

相州昼锦堂记　　／190

尹师鲁墓志铭　　／195

樊侯庙灾记　　／200

泷冈阡表　　／203

故霸州文安县主簿苏君墓志铭　　／209

卷五　生死哀乐　愁绪满怀无处诉

述梦赋　　／217

黄杨树子赋并序　　／221

山中之乐并序　　／225

蜈蛉赋并序　　／229

哭女师　　/ 232

秋声赋　　/ 234

憎苍蝇赋　　/ 238

祭叔父文　　/ 243

祭尹师鲁文　　/ 246

祭资政范公文　　/ 250

祭梅圣俞文　　/ 253

祭石曼卿文　　/ 256

卷六　骨鲠忠正　至论名言标千古

贾谊不至公卿论　　/ 263

伐树记　　/ 269

养鱼记　　/ 272

纵囚论　　/ 275

朋党论　　/ 279

伶官传序　　/ 284

富贵贫贱说　　/ 288

诲学说　　/ 291

廉耻说　　/ 293

卷一 浮生三千 人情世态知多少

平生惟好读书，坐则读经史，卧则读小说，上厕则阅小辞，盖未尝顷刻释卷也。

开宝寺塔①

　　开宝寺塔②在京师诸塔中最高，而制度甚精，都料匠预浩③所造也。塔初成，望之不正而势倾西北。人怪而问之。浩曰："京师地平无山，而多西北风，吹之不百年，当正也。"其用心之精盖如此，国朝以来木工一人而已。至今木工皆以预都料为法。有《木经》三卷行于世。世传浩惟一女，年十余岁。每卧，则交手于胸为结构状，如此逾年，撰成《木经》三卷，今行于世者是也。

【注释】

　　①本文选自《归田录》，标题为作者所加。《归田录》是欧阳修的笔记小品集，内容大到典章制度、皇朝逸闻，小到人物琐事、民间俗语，都有涉及，能比较全面地展现北宋的时代风貌。本卷选取了《归田录》二十则，都是真实故事，暗含着丰富的处世道理。

　　②开宝寺塔：木结构宝塔，早已塌毁。

③预浩：也作"喻浩"，建造开宝寺塔的工匠头领，其姓氏没有确切流传下来。

【赏读】

举世闻名的比萨斜塔，其设计、建造之初并不想倾斜，但却因意外倾斜不倒，而成为世界奇迹。但本文介绍的开宝寺塔，却是在设计伊始，便故意要向西北方向倾斜的。督造工匠预浩的设计意图，是以倾斜应力抵抗西北风常年对塔身造成的影响，并预测"吹之不百年，当正也"，即巧妙地利用风力将木塔"吹回"直立的状态，延长木塔的使用年限。相较于比萨斜塔，应该说，开宝寺塔的设计更高明、更严谨。只可惜这座塔是木制的，早已毁圮，否则，世界塔建筑史上一定会多一个奇迹。

中国古代不乏能工巧匠，但令人惋惜的是，封建时代"万般皆下品，唯有读书高""学而优则仕"的价值观，使得那些做工的人受社会歧视，这就造成很多技工人才湮没无闻。本文介绍的这位预浩，就是宋初的著名工匠，但他却连准确的姓氏都没有流传下来。不过，庆幸的是，"一代文宗"欧阳修的人才观念是超越时代的，他愿意专门为一个木匠写一篇记其事迹的文章，足见欧阳修心中没有三教九流之分，他对各行各业里技艺精湛的人的价值都给予肯定。

鲁宗道私入酒家

仁宗在东宫，鲁肃简公宗道为谕德[①]。其居在宋门外，俗谓之浴堂巷，有酒肆在其侧，号仁和，酒有名于京师，公往往易服微行，饮于其中。一日，真宗急召公，将有所问，使者及门，而公不在。移时，乃自仁和肆中饮归，中使[②]遽先入白，乃与公约曰："上若怪公来迟，当托何事以对？幸先见教，冀不异同。"公曰："但以实告。"中使曰："然则当得罪。"公曰："饮酒，人之常情；欺君，臣子之大罪也。"中使嗟叹而去。真宗果问，使者具如公对。真宗问曰："何故私入酒家？"公谢曰："臣家贫，无器皿，酒肆百物具备，宾至如归。适有乡里亲客自远来，遂与之饮。然臣既易服，市人亦无识臣者。"真宗笑曰："卿为宫臣，恐为御史所弹。"然自此奇公，以为忠实可大用。晚年，每为章献明肃太后[③]言群臣可大用者数人，公其一也。其后章献皆用之。

【注释】

①鲁肃简公宗道为谕德：鲁肃简公即鲁宗道，字贯之，亳州（今安徽亳州）人，谥号肃简，故称"肃简公"。谕德，太子从官，当时鲁肃简负责给太子（后来的宋仁宗）做侍从赞谕。

②中使：宫廷使者，指宦官。

③章献明肃太后（968～1033）：姓刘，名娥，宋真宗赵恒的皇后，宋朝第一位摄政的太后。功绩赫赫，常与汉之吕后、唐之武后并称，史书称其"有吕武之才，无吕武之恶"。真宗去世后，曾临朝称制十一年之久，后归政仁宗，卒谥"庄献明肃"，后改为"章献明肃"。

【赏读】

坦诚，说到底，就是为人处世真实、不虚假，它是人的高贵品质，是构成真、善、美的最核心要素。坦诚的人往往敢于直面自己的缺点，并愿意为之承担相应责任。

宋真宗之所以欣赏鲁宗道，并叮嘱章献太后以后要重用此人，其实，缘于一次对鲁宗道的紧急召见。恰逢鲁宗道私入酒家喝酒，传谕宦官等了好久，见鲁宗道饮酒而归。本想好意帮他隐瞒实情，却遭到鲁宗道严词拒绝，他说自己宁肯因此获罪，也决不能欺骗皇帝。最后，知道实情的宋真宗，非但没有治他的罪，反倒觉得鲁宗道忠诚，襟怀坦荡，可堪大用。

古代士人科举入仕，受皇朝俸禄，都是历尽艰辛，得来不易的。一般人遇到自己犯错而主上不察的情况，多会谎言以对，以保住乌纱帽。但鲁宗道坚守信义，敢于坦诚自己的过错，而皇帝也能体恤臣下的难处，慧眼识人，这就是能臣遇明主的典型事例。欧阳修记述此事，一方面，是因为艳羡其中的君臣际遇，另一方面，也是想给世人树立一个高尚的道德标准吧。

和凝询价

　　故老①能言五代时事者，云："冯相道、和相凝②同在中书。一日，和问冯曰：'公靴新买，其直几何?'冯举左足示和，曰'九百'。和性褊急，遽回顾小吏云：'吾靴何得用一千八百?'因诟责久之。冯徐举其右足曰'此亦九百'。于是哄堂大笑。时谓宰相如此，何以镇服百僚?"

【注释】

　　①故老：年老有阅历的人。

　　②冯相道、和相凝：冯道与和凝，二人在五代时期都长期做宰相。

【赏读】

　　这是一则官场趣闻，主角是五代时的两位著名宰相：冯道与和凝。冯道，人称"和事佬"；和凝，性格褊急，出了名的多疑。这二人都是官运亨通，历任后唐、后晋、后汉、后周宰辅，堪称政坛常青树。

一日，同在官署，和凝见冯道穿了一双新靴子，便非常小家子气地打听靴子的价格。冯道有些不屑地伸出左脚，答道"九百文"。和凝一听，心火上攻，不顾场合，也不顾自己身份，冲着办事小吏便破口大骂，质问自己的这双靴子为什么花掉一千八百文。和凝骂不休口，场面当然十分尴尬。但就在和凝飙怒之际，绝妙讽刺的一幕出现了，只见冯道又抬起右脚，不急不慢地说："这只也九百文。"于是，满堂哄笑，官署内的气氛瞬间就变得轻松了。

表面上看，这是一桩情节十分简单的滑稽小事，但在欧阳修的笔下，二位宰相的内在性格被刻画得入木三分。和凝多疑好利，斤斤计较，得理不饶人，修养很差。冯道与和凝相处久了，自然深知和凝的弱点，我们以此推想，则不排除他有故意戏耍和凝的嫌疑。于是乎，二人好似上演了一段对口相声：和凝在逗哏过程中，把自己的性格弱点在同僚面前全都曝露出来，最后落得一个被哄堂耻笑的结果。而冯道在捧哏过程中，不仅收到了让和凝丢丑的预期效果，还使出"和事佬"的能耐，一个抬右脚追加九百文的举动，既给小吏解了围，又缓解了尴尬的场面。更重要的是，还让众位僚属看到两位宰相为人处世的差距，为日后笼络人心做好铺垫。两位宰相，一个多疑好利，性急暴躁，不能容人；一个老奸巨猾，做事没原则。但就是这样的人品德行，竟然都能长期居宰辅地位，则五代官场的整体素质，我们真真是可见一斑了。

全文不足百字，不仅讲清楚了一个滑稽故事，还综合运用语言、动作、神态描写，将人物性格传神地表现出来，并在最后不动声色地以一句"宰相如此，何以镇服百僚"收束全篇，留给我们无穷况味。

君臣互信

太祖时，郭进[1]为西山巡检。有告其阴通河东刘继元[2]，将有异志者。太祖大怒，以其诬害忠臣，命缚其人予进，使自处置。进得而不杀，谓曰："尔能为我取继元一城一寨，不止赎尔死，当请赏尔一官。"岁余，其人诱其一城来降。进具其事，送之于朝，请赏以官。太祖曰："尔诬害我忠良，此才可赎死尔，赏不可得也。"命以其人还进。进复请曰："使臣失信，则不能用人矣。"太祖于是赏以一官。君臣之间盖如此。

【注释】

①郭进（922~979）：武将，曾随赵匡胤屡建战功。

②刘继元（？~991）：五代时北汉末代皇帝，国亡降宋。

【赏读】

为人处世，信义当先，君臣之间，更应如是。本文记述了宋太祖与边将郭进之间相互信任的一则逸事。

先是宋太祖用人不疑，看穿了小人离间君臣、诬陷郭进的意图后，将此人移送郭进处罚。其后，郭进欲报太祖信任之恩，利用这个小人诱降了敌军一城。因事前曾答应此人若得军功，便求皇帝赏赐其一个官做，故而，当太祖不应允时，郭进竟为此坚请，理由是"不能失信于人"。太祖觉得有道理，便赏给那个小人一个官，于是，三人间可谓皆大欢喜。

宋太祖对郭进是信任的，郭进以德报怨，对那个诬陷自己的小人也同样没有失信。三人间的信任，最终成就了军事上的胜利。欧阳修大概是对此甚为感叹，才记述了这样一则故事。人与人之间的关系，互相信任是基石，但却是至为难得的。纵观欧阳修的一生，宦海沉浮，他深知君王多疑与善变，也饱受小人诬陷之苦，能遇到像宋太祖那样既有识人之明又讲信义的君主，着实令人羡慕。同样，能遇到郭进这样的同像，也实属难得。

杨亿失宠

杨文公亿①以文章擅天下，然性特刚劲寡合。有恶之者，以事谮②之。大年在学士院，忽夜召见于一小阁，深在禁中。既见，赐茶，从容顾问。久之，出文稿数箧以示大年云："卿识朕书迹乎？皆朕自起草，未尝命臣下代作也。"大年惶恐，不知所对，顿首再拜而出，乃知必为人所谮矣。由是佯狂，奔于阳翟③。真宗好文，初待大年眷顾无比，晚年恩礼渐衰，亦由此也。

【注释】

①杨文公亿：杨亿（974~1020），字大年，建州浦城（今属福建）人。宋初文学家，"西昆体"的代表作家。

②谮（zèn）：说别人坏话，诬陷。

③阳翟（dí）：在今河南禹州。

【赏读】

君臣之间，地位悬殊，多有隔阂。在这篇短文里，欧阳修就记述了一则宋真宗疏远杨亿的故事。

真宗晚年被一群小人包围，有小人谎称杨亿背地里说皇上不会作诗文。真宗不辨真假，心生厌恶，便特意在一次杨亿值夜班的时候，搬出几箱文稿给杨亿看，以此证明自己能诗善文。同时暗示杨亿——你这个大笔杆子着实无用，很多文章都还须要皇帝亲力亲为呢！为人刚正的杨亿，当然明白这是有小人暗中诬陷，为明哲保身起见，他便以母亲生病为由，不辞而别。真宗虽然也没有因此而处分杨亿，但此后却再也不重视这位才华横溢的文臣了。

所谓明枪易躲，暗箭难防。杨亿在这个事件里，无疑是受害者，但这不幸遭遇的背后，却也有其必然性。杨亿最初以神童闻名，没经历过什么政治历练，因而，偶遇挫折便惊慌失措，致有"不知所对"、仓皇逃遁的表现。此外，杨亿平日自恃才高，性格刚直，与人寡合，这便导致其信息闭塞，给群小留下整垮他的可乘之机。用我们今天的话说，杨亿智商高而情商低，不善人际周旋，则人生不会太完满幸福。

李汉超誓死效忠

太祖时，以李汉超①为关南巡检，使捍北虏，与兵三千而已。然其齐州赋税最多，乃以为齐州防御使，悉与一州之赋，俾之养士。而汉超武人，所为多不法，久之，关南百姓诣阙，讼汉超贷民钱不还，及掠其女以为妾。太祖召百姓入见便殿，赐以酒食，慰劳之，徐问曰："自汉超在关南，契丹入寇者几？"百姓曰："无也。"太祖曰："往时契丹入寇，边将不能御，河北之民岁遭劫虏，汝于此时能保全其资财妇女乎？今汉超所取，孰与契丹之多？"又问讼女者曰："汝家几女，所嫁何人？"百姓具以对。太祖曰："然则所嫁皆村夫也。若汉超者，吾之贵臣也，以爱汝女则取之，得之必不使失所。与其嫁村夫，孰若处汉超家富贵？"于是百姓皆感悦而去。太祖使人语汉超曰："汝须钱，何不告我而取于民乎？"乃赐以银数百两，曰："汝自还之，使其感汝也。"汉超感泣，誓以死报。

【注释】

①李汉超（约 907~977）：字显忠，云州云中（今山西大同）人，宋初武将，屡立战功。

【赏读】

宋太祖知人善任，前面欧阳修已经记有一则太祖与郭进君臣互信的事迹，在这篇短文里，欧阳修又给我们讲述了太祖对野蛮悍将的驯服之术。

故事很简单，讲的是宋与契丹对峙，太祖任用李汉超防御契丹进犯。李汉超仰仗皇帝宠信，贷民钱不还、强抢民女，干了很多违法的勾当。以致民怨沸腾，当地百姓不顾千里迢迢，到京城告御状。太祖弄清原委后，一方面安抚百姓，一方面暗中赏赐李汉超数百两银子，帮其速速还清了拖欠百姓的钱款。李汉超由此更加忠勇，誓死报效朝廷。

通观整件事可知，李汉超实际上既是一个能为国靖难的人才，同时也是一个时常有不法行径的"大老粗"。但是，天下没有完人，而人才又至为难得，如何发挥人才优势，使其扬长避短，则全赖皇帝的领导艺术了。这则故事里，宋太祖以区区几百两银子换来边将誓死捍卫国土的决心，其领导智慧让我们不得不佩服。

卖油翁

　　陈康肃公尧咨[①]善射，当世无双，公亦以此自矜。尝射于家圃，有卖油翁释担而立睨之，久而不去，见其发矢十中八九，但微颔之，康肃问曰："汝亦知射乎，吾射不亦精乎？"翁曰："无他，但手熟尔。"康肃忿然曰："尔安敢轻吾射？"翁曰："以我酌油知之。"乃取一葫芦，置于地，以钱覆其口，徐以杓酌油沥之[②]，自钱孔入而钱不湿，因曰："我亦无他，惟手熟尔。"康肃笑而遣之。此与庄生所谓解牛、斫轮[③]者何异。

【注释】

　　①陈康肃公尧咨：陈尧咨（970～1034），字嘉谟，阆州阆中（今四川阆中）人。宋真宗咸平三年（1000）状元，工书法，擅长射箭，历官至右正言、知制诰、起居舍人、龙图阁直学士、尚书工部侍郎、武信军节度使，

卒谥康肃。

　　②徐以杓（sháo）酌（zhuó）油沥之：慢慢地用勺子舀油，沥成一条线。

　　③解牛、斫（zhuó）轮：《庄子》中的两篇寓言，一个是"庖丁解牛"的故事，一个是"轮扁斫轮"的故事。都是说工人长期从事某种技艺，而达到出神入化的高妙境界。

【赏读】

　　据史料记载，陈尧咨擅长射箭，曾以钱为的，一箭贯其中。但在这篇小品文里，欧阳修却为我们记述了一位并不怎么佩服陈氏箭法的卖油翁的故事。

　　这个贫贱的卖油翁，看到陈尧咨射箭，"但微颔之"。如此轻蔑的举止，自然严重伤害了以箭法闻名的陈状元的自尊心，他刚要发火，戏剧性的一幕却出现了：只见那个卖油翁不慌不忙地表演了沥油入钱的绝活儿，而且，语气十分淡定地说"我亦无他，惟手熟尔"。是的，箭法与沥油，看似相差万里，实则技艺同样都源自熟练。两相比照，很明显，"发矢十中八九"的陈尧咨，还根本谈不上技法纯熟。

　　这篇短文的记述重点是卖油翁，而不是显赫的陈尧咨。在欧阳修看来，无论从事何种技艺，能够达到技巧精湛的程度，就应该给予肯定。卖油翁虽然卑贱，但欧阳修竟然用当朝状元郎、天下闻名的神射手来烘托他沥油的手艺，足见在作者心目中，他看重那些真正具有敬业精神的人，也等视社会上的各色人物。

功臣末路

　　枢密曹侍中利用①，澶渊之役，以殿直使于契丹，议定盟好，由是进用。当庄献明肃太后时，以勋旧自处，权倾中外，虽太后亦严惮之，但呼"侍中"而不名。凡内降恩泽，皆执不行。然以其所执既多，故有三执而又降出者，则不得已而行之。久之，为小人所测，凡有求而三降不行者，必又请之。太后曰："侍中已不行矣。"请者徐启曰："臣已告得侍中宅奶婆或其亲信为言之，许矣。"于是又降出。曹莫知其然也，但以三执不能已，僶俛②行之。于是太后大怒，自此切齿，遂及曹芮之祸③。乃知大臣功高而权盛，祸患之来，非智虑所能防也。

【注释】

　　①曹侍中利用：曹利用（971～1029），字用之，赵州宁晋（今属河北）人。宋真宗时出使契丹议和成功，从此受到重用，累拜枢密使、同平章事，仁宗即位后，

加左仆射兼侍中。章献太后临朝，以功高自居，多得罪人。后因其侄曹芮之祸，贬为知随州，又被诬指私贷景灵官钱，被贬房州，途中被迫自杀。

②僶俛（mǐn miǎn）：勤勉，努力，尽心尽力办事。

③曹芮之祸：曹芮，一作"曹汭"。曹汭是曹利用的侄子，因酒后穿黄袍，令人呼其万岁，而被杖杀。曹利用因此被贬。

【赏读】

性格决定命运。

曹利用性格刚烈，说一不二，宋真宗慧眼识人，任命他为"澶渊之盟"的宋方谈判代表。果然，曹利用面对悍虏毫无惧色，敢于据理力争，不仅寸土不失，还尽最大努力保护了大宋利益。自此，宋辽之间近百年互不侵犯。应该说，曹利用的性格帮助他完成这次艰危的任务，也带给他其后亨通的官运，但这种性格同时也给他埋下了祸根。宋真宗死后，曹利用日益膨胀，居功自傲，他甚至敢不执行章献皇太后的懿旨。而且，更为糟糕的是，曹利用的居官标准是双重的，他一方面极力裁制皇太后任用的小人，一方面却经常给自己的亲朋好友提供升迁的便利。时间久了，大臣们都不满曹利用一手遮天的行为，而一些奸诈小人也逐渐摸透了他与太后要权力互相制衡的游戏规律——曹利用违旨不遵只限三次，此即文中所说"有三执而又降出者，则不得已而行之"。于是，群小便抓住一次曹利用三执懿旨而不行的机会，对章献皇太后谎称已经买通了曹家的乳母帮忙说情，只要皇太后能再降一遍这道旨意，曹利用必定遵照执行。果不其然，事情恰如小人所料，于是神不知、鬼不觉，曹利用便被群小算计陷害了。气得咬牙切齿的章献太后，自此下定了整治曹利用的决心。当曹利用的侄子曹芮触犯刑律，这位皇太后便毫不犹豫地派了曹利用的死敌罗崇勋前去办案，其用意明显是借此机会搞垮曹利用。

曹利用的命运正应了他的名字，他被统治者"利用"了。这功臣末路，不禁让我们意识到，官场实际就是一个"场"，场里的人围绕着利益，相互排挤，又相互利用。功高权盛者居于这个"场"的中心区域，受到方方面面的压力也最大。如果做人不能屈伸、处世不会圆通、一味铁腕强横，那么必然会上下树敌，招来暗算，以致身败名裂，甚至有性命之虞。欧阳修笔下的曹利用，就是一个典型的例子。他在《归田录》里，有意记载这样一个政坛悲剧人物，内中也暗含着多少官场穷达的况味！

小鬼难惹

曹侍中在枢府^①，务革侥幸，而中官尤被裁抑。罗崇勋^②时为供奉官，监后苑作，岁满叙劳，过求恩赏，内中唐突不已。庄献太后怒之，帘前谕曹，使召而戒励。曹归院，坐厅事，召崇勋立庭中，去其巾带，困辱久之，乃取状以闻。崇勋不胜其耻。其后曹芮事作，镇州急奏，言芮反状，仁宗、太后大惊。崇勋适在侧，因自请行。既受命，喜见颜色，昼夜疾驰，炼成其狱。芮既被诛，曹初贬随州，再贬房州。行至襄阳，渡北津，监送内臣杨怀敏指江水谓曹曰："侍中，好一江水！"盖欲其自投也，再三言之，曹不谕^③。至襄阳驿，遂逼其自缢。

【注释】

①曹侍中：即上一篇中所述的曹利用。枢府：枢密院。

②罗崇勋：章献太后的宠宦，时任尚御药供奉。

③谕：理会，明白。

【赏读】

常言道"宁负君子，不负小人"。曹利用身死名败的悲剧命运，缘起于给小人难堪，他曾深深地得罪了章献太后的宠宦罗崇勋。

曹利用鄙视朝中佞幸小人，一次章献太后让他去训责罗崇勋。他命人摘掉罗的头巾、帽子，令其光着头站在院子里，然后自己则稳稳当当地坐在堂上，斥骂罗崇勋很久，衙署大小官员无人不见罗崇勋的窘态，大家一传十、十传百，以致当时无人不晓其事。这对于罗崇勋来讲，无异于奇耻大辱。

其实，人无完人，犯了过错，无论如何都不该用贬损人格的手段来教训，更何况宦官总是自觉低人一等，自卑心极重，曹利用毫无顾忌的偏执行为，确实让人觉得有倚强凌弱的味道。故而，当罗崇勋一朝大权在手，便把令来行，其反扑之猛、手段之残酷，令人咋舌。他判处曹利用的侄子曹芮穿黄袍，系谋反大罪，将其当庭杖杀，而曹利用也在贬谪途中，被另一个宦官逼死了。

所谓得理饶人，凡事留三分余地，于己是德，于人是福。欧阳修一生也是多次遭小人暗算，深知"阎王好过，小鬼难惹"。他不厌其烦地给曹利用写了前后两篇文章，个中深味，已不言自明了。

宋庠改名

宋郑公庠①初名郊，字伯庠，与其弟祁自布衣时名动天下，号为"二宋"。其为知制诰，仁宗骤加奖眷，便欲大用。有忌其先进者，潛之，谓其"姓符国号，名应郊天"。又曰："郊，音交也。交者，替代之名也。宋交，其言不祥。"仁宗遽命改之。公怏怏不获已②，乃改为庠，字公序。公后更践二府二十余年，以司空致仕，完享福寿而终。而潛者竟不见用以卒。可以为小人之戒也。

【注释】

①宋郑公庠（xiáng）：宋庠（996～1066），北宋文学家。初名郊，字公序。开封雍丘（今河南杞县）人，幼居安州安陆（今属湖北）。

②怏（yàng）怏：不满意，不高兴。不获已：不得已。

【赏读】

这是一则典型的小人进谗言、害能臣的事例。欧阳修没有曝光他的名字，但我们推测他应该是御史或司谏一类官职。此人的智商不低，只可惜全用到了歪处。他说宋郊姓宋，宋乃国号，而名郊，有郊祭天地之意，可问题是"郊"与"交"同音，"交"有替代的意思，那么，"宋郊"就有把大宋社稷交出去的意思了。这显然是牵强附会，明摆着就是嫉贤妒能。但这荒谬逻辑，确实巧妙地把宋郊的名字与丢掉江山的皇家大忌连接到了一起，因而，真的就差点儿影响了宋仁宗的决策。好在仁宗尚有主见，爱才惜才，他只让宋郊改了名字，仍旧予以重用。

欧阳修是坚信善恶因果的，他最后替宋郊得以"完享福寿"而高兴，至于那个到死都没被重用的小人，欧阳修认为是恶有恶报，理该如此。事实上，我们并不需要陷入这种神秘报应的理论里，从根本上说，这一切都源自宋仁宗有足够的识人之明。好的领导都善于从正、反两面考察下属人品，进谗言的小人，竟然能把别人的名字与社稷倾倒联系起来，足见其用心险恶；而宋郊诚惶诚恐，马上遵照皇命，改了自己从出生以来父母起的名字，也足以看出其忠君仁厚的品性。这样一来，则谁可用、谁不可信，已不言自明。

曹彬其人

　　曹武惠王彬[1]，国朝名将，勋业之盛，无与为比。尝曰："自吾为将，杀人多矣，然未尝以私喜怒辄戮一人。"其所居堂室弊坏，子弟请加修葺。公曰："时方大冬，墙壁瓦石之间百虫所蛰[2]，不可伤其生。"其仁心爱物盖如此。既平江南回，请阁门入见，榜子称"奉敕江南勾当公事回"。其谦恭不伐又如此。

【注释】

　　①曹武惠王彬：即曹彬（931～999），字国华，真定灵寿（今属河北）人，北宋开国名将。

　　②蛰（zhé）：动物冬眠休息。

【赏读】

　　本文虽短，却将宋初第一良将曹彬为人宽厚、仁和、低调的作风，活灵活现地展现了出来。

　　曹彬一生灭后蜀、征伐北汉、破南唐，功高盖世，却从不居功自傲。开宝八年（975），曹彬帅军平定江南、押解李后主还朝。这应该是千古奇功了，但曹彬却一点儿都没炫耀，觐见皇帝时，名帖上写的仅仅是"奉敕江南勾当公事回"。

更难得的是，曹彬为人表里如一，他不论是当官，还是居家，都是一贯的谦敬仁厚。可能有人会认为他是一个杀人不眨眼的魔头，但事实上，他从没因私人恩怨而枉害过一人。即便是对待无知蝼蚁，他都眷顾有加，甚至不愿在寒冬腊月里修葺堂屋，惊扰那些蛰居在自家墙壁间的小虫，而宁肯委屈自己住一冬天的破房子。

自古君王都惧怕臣子功高盖世，宋太祖也不例外，但他一生都任用曹彬，就是因为曹彬忠厚宽和、安守本分、行事低调。欧阳修为官一生，在他心目中，别人可资借鉴的优点是有很多，但值得全面学习的楷模，则着实屈指可数，曹彬堪称是其中之一了。

真宗取士

真宗好文，虽以文辞取士，然必视其器识①。每御崇政赐进士及第，必召其高第三四人并列于庭，更察其形神磊落者，始赐第一人及第，或取其所试文辞有理趣者。徐奭②《铸鼎象物赋》云："足惟下正，讵闻公悚之欹倾；铉乃上居，实取王臣之威重。"遂以为第一。蔡齐③《置器赋》云："安天下于覆盂④，其功可大。"遂以为第一人。

【注释】

①器识：气质与才识。

②徐奭（shì）（？～1030）：字武卿，建州欧宁（今福建建欧）人。于宋真宗大中祥符五年（1012）状元及第。

③蔡齐（988～1039）：字子思，莱州胶水（今山东平度）人。大中祥符八年（1015）状元，为政有仁声。

④覆盂：倒置的盆盂，喻稳固、安定。

【赏读】

古代状元，被誉为"大魁天下"，身份尊贵，备受荣宠。考中状元的人，除了必备渊博的学识外，还需要一些外在素质，比如相貌英俊、仪态端庄等。在这篇小短文里，欧阳修为我们记述了宋真宗择取状元的逸事。

事实上，通过礼部会试的贡士们，在文章技法、思辨能力等方面，都已达到至高境界。让这些人再经过一轮殿试，无非就是想给皇帝展示一次这些贡士的才识能力，并让皇帝决定最后的分甲赐第。宋真宗在殿试环节，尤其注重人的"器识"与"文辞理趣"。重"器识"，选"形神磊落者"，是有意用颜值高的人作为国家大考的形象代言人；重"文辞理趣"，则是强调文章能在形象性的基础上富有哲理趣味，这实际是开了有宋一代诗文重理趣的先声。

可以说，皇帝殿试的录取标准，具有高考指挥棒的作用，它指引一个时代士子的努力方向。为了博得皇帝的青睐，学子们不惜绞尽脑汁，像文中提到的徐奭、蔡齐，都是不露声色地在文章里，用鼎、盂这些重器比喻王朝永固，无疑是暗合了君王的意志，才考中状元的。

钱氏笔格悲喜剧

钱思公[①]生长富贵，而性俭约，闺门用度，为法甚谨。子弟辈非时，不能辄取一钱。公有一珊瑚笔格[②]，平生尤所珍惜，常置之几案。子弟有欲钱者，辄窃而藏之。公即怅然自失，乃榜于家庭，以钱十千赎之。居一二日，子弟佯为求得以献，公欣然以十千赐之。他日，有欲钱者又窃去，一岁中率五七如此，公终不悟也。余官西都，在公幕，亲见之，每与同僚叹公之纯德也。

【注释】

①钱思公：即钱惟演（977~1034），字希圣，临安（今属浙江）人，吴越王钱俶子。历任右神武军大将军、太仆少卿、直秘阁，预修《册府元龟》，累迁工部尚书，拜枢密使，官终崇信军节度使，卒谥思。钱惟演博学能文，是"西昆体"的代表诗人。

②笔格：即笔搁，架笔之物，常称为笔架。

【赏读】

　　本文意在记载钱惟演治家严谨、处世愚钝的逸事。事情是这样的，钱氏治家法度严苛，不到家里规定的发份子钱的时间，任何人都领不出钱来。一些子弟用钱心切，便想到一个骗钱的花招——那就是偷走钱惟演"平生尤所珍惜"的珊瑚笔格，待到钱惟演急于找回心爱之物，写下寻物启事，并承诺悬赏一万钱时，这些子弟再假装是偶然找到了笔格，献给老爷子。当然，钱氏一高兴，就会照付一万赏钱。而且，这种"寻物启事"与"拾金不昧"的把戏，常年在钱家上演，而钱老先生到底也不曾醒悟，这让欧阳修大为慨叹钱惟演的德纯人厚。

　　事实上，钱惟演为人奸猾、不讲原则。他曾依附奸相丁谓，排挤寇準，后来见丁谓事败，他又惧怕牵连，转而排挤丁谓以求自保。对待属下，他也是没原则的。譬如欧阳修一次和几位同僚去游龙门山，遭遇大雪，正当大家着急不能及时返回衙署时，只见钱惟演派人骑马赶来，安慰众人道："山行良劳，当少留龙门赏雪，府事简，无遽归也。"历来评者，都说这是钱惟演厚遇文人，风雅之至，但笔者却认为这未免是肤浅之见。从根本上说，属下游山玩水、耽误政事，领导不但不加以管束，反而纵容，万一出了事，领导是有责任的。然而，恰恰是钱惟演典型的"老好人"作风，让初入仕途的欧阳修倍感人情温暖，他终生都感念钱惟演的知遇之恩，以至到了晚年写《归田录》时，仍然认为钱氏纯德。

　　话说回到这则钱氏治家的逸事。我们安知这不是钱惟演明立规矩，暗则私给家人零用钱的手段呢？这种骗钱、给钱的游戏，常年上演，除非是弱智，否则凭谁都能搞明白的。唯一的解释，还是钱惟演做人、做事都没原则，为了得回自己心爱之物，他可以故意装糊涂，破例多支出家中钱财，这样既满足子弟用钱的需要，又平安换回自己的宝贝，皆大欢喜。于是乎，钱家上下便心照不宣，常年默契地上演着笔格悲喜剧。

蜡烛与油灯

邓州①花蜡烛名著天下，虽京师不能造，相传云是寇莱公②烛法。公尝知邓州，而自少年富贵，不点油灯，尤好夜宴剧饮，虽寝室亦燃烛达旦。每罢官去后，人至官舍，见厕溷③间烛泪在地，往往成堆。杜祁公④为人清俭，在官未尝燃官烛，油灯一炷，荧然欲灭，与客相对清谈而已。二公皆为名臣，而奢俭不同如此。然祁公寿考终吉，莱公晚有南迁之祸⑤，遂殁不返。虽其不幸，亦可以为戒也。

【注释】

①邓州：今河南省邓州市。

②寇莱公：寇準（961～1023），字平仲，华州下邽（今陕西渭南北）人。太平兴国五年（980）登进士第，授大理评事，知归州巴东。历通判郓州。累擢枢密院直学士、参知政事。后两度入相，一任枢密使，出为使相。后数被贬谪，终雷州司户参军。天圣元年（1023），病逝

于雷州。

③溷（hùn）：厕所。

④杜祁公：杜衍（978～1057），字世昌，越州山阴（今浙江绍兴）人。北宋名臣。大中祥符元年（1008），登进士第，以善辩狱闻。宋仁宗特召其为御史中丞，兼判吏部流内铨，后改知审官院。庆历三年（1043），任枢密使。庆历四年（1044），拜同平章事，支持"庆历新政"，为相百日而罢，出知兖州。以太子少师致仕，封祁国公。卒，追赠司徒兼侍中，谥号"正献"。

⑤南迁之祸：指寇準晚年遭贬，并卒于雷州之事。

【赏读】

在这则短文里，作者采用了对比手法，表现了宋初两位贤相迥异的处世作风。欧阳修的观察视角独到而深刻，他聚焦在两位宰相居家点蜡烛这样一件不起眼的小事上：寇準家里只燃蜡烛，不点油灯；杜衍则一盏油灯伴其一生，甚至是居官期间，官家供给的蜡烛，他也都不用。

点灯照明，一桩小事，放到宰相家里，更是细枝末节，不足道哉！但却能以小见大，反映出主人的生活格调。油灯省钱，但光亮不足，且油烟很大；蜡烛价格昂贵，但亮度强，且油烟少些。在古代，一般人家连油灯都点不起，而寇準家里不仅全用蜡烛，且还都是雕花着色的蜡烛，甚至连厕所都通宵达旦地点着蜡烛。如此看来，则司马光说寇準"豪侈冠一时"，确属事实了。两相比较，杜衍家里一向是一盏荧然欲灭的油灯，就显得实在是太简朴，甚至是有些寒酸了。

欧阳修由这样一件小事，进而感叹他们两位，一个行事张扬，一个做人低调，最终的仕途结局也大不一样——寇準贬死雷州，而杜衍却完享福寿。勤俭低调，能时刻提醒自己居安思危，提防周遭人等的算计，故能保自家平安；而豪奢极欲，往往让人心智飘忽昏聩，任事难以严谨，常遭小人乘虚暗算，以致身败名裂。所谓"成由节俭败由奢"，真乃千古成败的教训总结。

孙仅幸免文字狱

孙何①、孙仅②俱以能文驰名一时。仅为陕西转运使，作《骊山》诗二篇，其后篇有云："秦帝墓成陈胜起，明皇宫就禄山来③。"时方建玉清昭应宫，有恶仅者，欲中伤之，因录其诗以进。真宗读前篇云"朱衣④吏引上骊山"，遽曰："仅小器也，此何足夸？"遂弃不读，而"陈胜""禄山"之语卒得不闻。人以为幸也。

【注释】

①孙何（961～1004）：字汉公。荆门知军孙镛的长子。与丁谓齐名，合称"孙丁"。与其弟孙仅、孙侑合称"荆门三凤"。淳化三年（992），举进士甲科。累迁右司谏。景德初，判太常礼院，知制诰。以疾，四十四岁卒于官。

②孙仅（969～1017）：字邻几，孙何之弟。少勤学，与兄何俱有名于时。咸平元年（998），举进士。景德初

拜太子中允、开封府推官，迁右正言、知制诰，同知审官院。大中祥符初，还知审刑院，累进给事中。年四十九卒。

③秦帝：秦始皇，修骊山陵墓。陈胜：秦末农民起义领袖。明皇：唐玄宗，在骊山上建温泉宫。禄山：安禄山，在范阳叛乱，导致唐王朝从此一蹶不振。

④朱衣：唐代四品、五品文官的服色是红色，这里指代高品级官员在前面引路。

【赏读】

世人皆知明初和清初的文字狱严酷，但实际上，在倡导文治、号称宽容文士的宋代，也屡屡发生文字狱。譬如苏舜钦、王益柔的"进奏院案"，苏轼的"乌台诗案"，都是典型的文字狱，是政客们借以整垮对方的手段。

本文中的孙仅写的那句"秦帝墓成陈胜起，明皇宫就禄山来"，本来感叹的是前代帝王劳民伤财、大兴土木，以致造成民怨沸腾、人们起义造反的悲剧，但却被别有用心的政敌附会到了当时正在建造的玉清昭应宫上。他们故意抄录此诗呈给宋真宗，其意无非是希望皇帝由这句诗联想到孙仅是在讽刺自己滥用民力，会得到与古代昏君同样的下场。不过，毕竟小人做坏事不敢太露骨，他们虽然意在用那两句诗整垮孙仅，却还是不得不假模假样地抄录了《骊山》诗上下两篇。也许是吉人天相吧，宋真宗仅读了诗的上篇，就因为觉得意境平平，而弃置一旁了。

诚然，孙仅是文字狱时代的幸运儿，但古往今来，能有几人像孙氏这么幸运呢？表面看来，欧阳修记录的是一件小事，实际是想提醒后来人政治险恶，谨言慎行为上。就像他晚年写的这部《归田录》，本是记述平生闻见之逸事，留给子孙鉴古知今用的，可是，没想到神宗皇帝竟也要看一看，于是，深知言祸的欧阳修连夜做了删减，就成了我们今天看到的这个样子了。删稿这件事本身，就足以见出欧阳修的谨慎了。

元昊①之死

赵元昊二子，长曰佞令受，次曰谅祚。谅祚之母，尼也，有色而宠。佞令受母子怨望。而谅祚母之兄曰没藏讹庞②者，亦黠虏③也，因教佞令受以弑逆之谋。元昊已见杀，讹庞遂以弑逆之罪诛佞令受子母。而谅祚乃得立，而年甚幼，讹庞遂专夏国之政。其后谅祚稍长，卒杀讹庞，灭其族。元昊为西鄙④患者十余年，国家困天下之力，有事于一方，而败军杀将，不可胜数，然未尝少挫其锋。及其困于女色，祸生父子之间，以亡其身。此自古贤智之君或不能免，况夷狄乎！讹庞教人之子杀其父以为己利，而卒亦灭族，皆理之然也。

【注释】

①元昊（1003～1048）：即夏景宗，党项族，西夏王朝的开国皇帝。在位期间，奠定了宋、辽、夏三分天下的格局。历史上称李元昊或赵元昊，这是因为其先祖在

唐时被赐姓李，而他本人又曾被宋仁宗赐姓赵。

②没藏讹咙（máng）（？~1061）：一作没藏讹庞。李元昊宠妃没藏氏之兄，西夏权臣之一。夏毅宗李谅祚掌握朝政后，诛杀了没藏家族。

③黠（xiá）虏：狡诈的外族人。

④西鄙：西北边境，这是相对于宋的版图而言。

【赏读】

元昊是雄才大略的开国皇帝，也是荒淫无道的暴君。文章提到的那个得宠的尼姑姓没藏，这个没藏氏原本是皇后野利氏的嫂子，即元昊妻兄野利遇乞的妻子。元昊在诛灭野利全族后，因见没藏氏貌美，便与其长期私通。不仅如此，元昊还霸占了太子妃没移氏，并将野利皇后打入冷宫。舅舅无罪被杀、母亲被打入冷宫、妻子又被霸占，元昊的一系列荒谬之举，最终让长子佞令受忍无可忍，父子反目成仇。在奸相没藏讹咙的挑唆下，佞令受深夜仗剑闯入元昊的禁宫，将酩酊大醉的父亲砍成重伤，并且削掉了元昊的大鼻子。这让嗜杀成性的元昊太难堪了，要知道，割掉鼻子是被少数民族视为奇耻大辱的。元昊曾在战场上割下数万辽军战俘的鼻子，这一次却是被自己的亲生儿子割掉了鼻子！羞愤至极的元昊，很快便死去了。

元昊困于女色，丧失理智，最终落得父子相残、家败人亡的惨境。他死了以后，没藏氏为他生下了遗腹子李谅祚。依靠宰相舅舅没藏讹庞的势力，李谅祚侥幸登基，成为西夏第二代君主。李谅祚与其父元昊的作风相似，他与舅舅的儿媳妇梁氏私通。并且，成年以后，李谅祚因不满没藏讹庞功高擅权，将没藏氏全族诛灭。于是，这个善于幕后挑拨离间、一手造成元昊父子相残的奸佞，最终也落了个被诛灭全族的下场。

短短二百余字的西夏初年的历史，作者其实想要表达两个主题：一是君子不能困于女色；二是善恶因果，报应不爽。欧阳修也许有他的历史局限，但我们这里讲的是历史，尊重史实，不夸大、不迷信，更不鄙夷少数民族文化。

田元均司库务

京师诸司库务①，皆由三司举官②监当，而权贵之家子弟亲戚因缘请托，不可胜数，为三司使者常以为患。田元均③为人宽厚长者，其在三司，深厌干请者，虽不能从，然不欲峻拒之，每温颜强笑以遣之。尝谓人曰："作三司使数年，强笑多矣，直笑得面似靴皮。"士大夫闻者，传以为笑，然皆服其德量也。

【注释】

①库务：库，仓库，宋代官府专卖货物的存储仓库，规模非常大。务，指专卖机构或税务机构。

②三司：唐宋以监铁、度支、户部为三司，主理财赋。举官：推举官员。

③田元均（1005～1063）：田况，字元均，开封府（治今河南开封）人，祖籍冀州信都（今河北衡水市冀州区）。宋仁宗庆历年间（1041～1048）任三司使。

【赏读】

这是一则官场小笑话。

冗官冗员是宋代官场中的一大弊端。中高级官员的兄弟子孙、亲朋好友等，都能因"恩荫"而获得官称。但是，随之问题也就来了，僧多粥少嘛，政府内现职岗位不多，想要得到一个好差事，就必须下一番钻营的苦功了。田元均时任三司使，显然，他是个手握实权的人物，于是，便总有人请求他给自家子弟亲戚安排工作。权贵们往往盯着的是田元均手中的肥差岗位，像主管茶、盐、酒、铁等政府专营物资的库务官，明显是招财进宝的肥差，因而，这些岗位就成为大家竞相奔走请托的目标了。

这样的请托之事，古往今来常有，并不稀奇，问题的关键是田元均如何应对。田元均既不愿意严词拒绝，给人当面下不来台，也不肯徇私舞弊，不讲原则。于是，"宽厚长者"田元均便总是赔笑敷衍，时间长了竟然练就了一副僵硬的笑脸。每每遇有此等请托情况，他立马龇牙咧嘴、脸皮笑得皱皱巴巴的，以此化解并掩饰双方内心的尴尬。后来，田元均总结做三司使的感受时，说自己是"强笑多矣，直笑得面似靴皮"。古往今来，好人难当。人脸本是活的，而靴子皮是死褶子皮。官场之中，硬是把活人的脸皮变成了死皮！清廉，何其难也；保守人格的清白，何其难也！多么令人无奈的官场呀！

　　这应该算是一则令人苦恼的笑话了。欧阳修记述的目的在于引人深思：到底官场上人性、人情与为官原则之间，应该如何拿捏分寸、进退得体呢？这确实是一门该好好思考的大学问。

君子笃学

　　钱思公虽生长富贵，而少所嗜好。在西洛①时，尝语僚属言：平生惟好读书，坐则读经史，卧则读小说，上厕则阅小辞②，盖未尝顷刻释卷也。

　　谢希深③亦言宋公垂④同在史院⑤，每走厕，必挟书以往，讽诵之声琅然闻于远近，其笃学如此。余因谓希深曰："余平生所作文章，多在三上：乃马上、枕上、厕上也。盖惟此尤可以属思尔。"

【注释】

　　①西洛：今河南洛阳。

　　②坐则读经史，卧则读小说，上厕则阅小辞：经史是圣贤之书，须要正襟危坐，有端正的阅读态度。古人把别集、杂记统称为小说。小辞指宋代兴起的词、曲。在正统士大夫心目中，小说和小辞比经史要差一等，是用来打发闲暇时光，甚至是用来给如厕这样无聊的时间解闷的。

③谢希深：谢绛（994～1039），字希深，富阳（今浙江杭州市）人。以父荫任试秘书省校书郎。北宋大中祥符八年（1015），登进士甲科，授太常寺奉礼郎、汝阴知县。翰林学士杨亿举荐其文章，真宗召试，擢秘阁校理。仁宗即位，迁太常博士，通判常州。后为编修官，参与修真宗国史。

④宋公垂：宋绶（991～1041），字公垂。赵州平棘（今河北赵县）人。北宋名臣、学者及藏书家。景德二年（1005），召试中书，为大理评事。大中祥符元年（1008），赐同进士出身，累迁户部郎中，权直学士院。明道二年（1033），拜参知政事。景祐四年（1037），罢为权判尚书都省。后以礼部尚书知河南府。后复召为知枢密院事、参知政事。卒谥"宣献"。

⑤史院：史馆，主持编纂国史的机构。

【赏读】

君子笃学，天才出于勤奋。

这篇短文提到的钱惟演和宋绶，都是宋初的饱学之士，且都是在功成名就之后，仍旧好学不辍。钱氏是行、走、坐、卧，皆手不释卷；宋绶则连上厕所的时间都不愿浪费，每每是一边如厕，一边口诵文章。此外，欧阳修作为当时文坛的主帅，对自己的作文心得非常自信，他在这里不无自豪地说自己的文章都是在"马上、枕上、厕上"构思的，号为"三上"。

虽然提倡勤思好学的精神，但是也应该注意时间、地点，否则是会影响健康的。躺着看书伤眼睛；厕中诵读则会吞入大量骚臭气；睡前构思文章会影响睡眠质量，甚至失眠……这些无疑都是不健康、不卫生的学习习惯。据史料记载，欧阳修本人就是"目眊"，即眼睛近视、看视物模糊不清，这大概就与他过度用眼有关。而且，才三十几岁，欧阳修的头发就已花白，这多少也与他不安心睡觉、费脑构思文章有关。可惜的是，古人没有现代医学常识，他们本人都因错误的学习方式而导致了疾病，却仍然没有反省，不但不以为戒，反倒还写文章夸耀，希望后人效仿，这不能不说是愚昧了。

盛肥、丁瘦、梅香、窦臭

盛文肃公[1]丰肌大腹，而眉目清秀，丁晋公[2]疏瘦如削，二公皆两浙人也，并以文辞知名于时。梅学士询[3]，在真宗时已为名臣，至庆历中，为翰林侍读以卒，性喜焚香，其在官所，每晨起将视事，必焚香两炉，以公服罩之，撮其袖以出，坐定，撒开两袖，郁然满室浓香。有窦元宾[4]者，五代汉宰相正固之孙也，以名家子有文行为馆职，而不喜修饰，经时未尝沐浴。故时人为之语曰"盛肥、丁瘦，梅香、窦臭"也。

【注释】

①盛文肃公：盛度（968～1041），字公量，祖籍河南，徙居杭州余杭。端拱二年（989）进士。曾任翰林学士、参知政事、知枢密院事等。北宋著名的政治家、军事家、外交家，谥号文肃。

②丁晋公：丁谓（966～1037），字谓之，后更字公

言，苏州长洲（今江苏苏州）人。历任参知政事、枢密使、同中书门下平章事，曾受封为晋国公。丁谓作恶太多，最后被罢相，抄没家产时，从他家中搜得各地的贿赂物品，不可胜计。景祐四年（1037），卒于光州（治今河南潢州）。

③梅学士询：梅询（964～1041），字昌言，宣州宣城（今属安徽）人。太宗端拱二年（989）进士，授利丰监判官。真宗咸平三年（1000）直集贤院。因事降通判杭州，迁两浙转运副使，判三司开拆司。仁宗天圣六年（1028）直昭文馆，知荆南。明道元年（1032）以枢密直学士知并州。入为翰林侍读学士，拜给事中，知审官院。

④窦元宾：出身名门，是五代后汉宰相窦正固的孙子，与梅询同时为参知政事。

【赏读】

这则趣闻介绍了宋初四位达官的外在特点。

盛文肃公与丁晋公，一肥一瘦，这大概与遗传基因、饮食习惯、运动强度等因素有关，但不论他们长成怎样，胖也好、瘦也罢，都不影响他人，自然外人也不必闲话。

至于"香男人"梅询与"臭男人"窦元宾，则实在是给身边人造成了影响。本来，芳香袭人是女人的专利，可梅询偏偏也性喜焚香，而且似乎发展到强迫症的地步。

其实，他这么做，就是为了给皇帝造成通感——浓香在，说明人在；浓香没了，说明人不在朝。情况也确实如此，梅询出知许州，宋仁宗在朝堂上闻不到香气，竟要反复念叨他好多次。这便是梅询学女人把自己搞得香喷喷的根本目的，是要皇帝时时刻刻记着自己。说穿了，焚香熏衣是他邀宠、固宠的手段！而当他晚年知许州时，就不再玩熏香这套把戏了。不过，话说回来，香总比臭强。宰辅窦元宾，生活邋遢，常年不洗澡，以致浑身恶臭，是历史上有名的"臭男人"。据史料记载，梅询见了窦元宾，就像耗子见了猫一样，会马上用袖子遮住头面，捏着鼻子。二人的品级相当，故而，梅询敢于当面表达对窦氏的不满，那么，其他众位同僚又该怎么办呢？只能隐忍罢了，估计他们恨也只能恨自己为什么要长鼻子呢！

俗话说"林子大了，什么鸟都有"，官场里也是什么样的人都有。胖子和瘦子同处一堂，香的和臭的也必须共事。事实上，谁都摆脱不掉谁，谁也不要瞧不起谁，彼此宽容，和平共处，才是给天子打工的正道。

吕蒙正拒贿

　　吕文穆公①蒙正以宽厚为宰相，太宗尤所眷遇。有一朝士家藏古鉴，自言能照二百里，欲因公弟献以求知。其弟伺间从容言之，公笑曰："吾面不过楪②子大，安用照二百里？"其弟遂不复敢言。闻者叹服，以谓贤于李卫公③远矣。盖寡好而不为物累者，昔贤之所难也。

【注释】

　　①吕文穆公：吕蒙正（944 或 946～1011），字圣功，北宋河南（今河南洛阳）人。太平兴国二年（977）进士第一。历著作郎、翰林学士、参知政事。后拜中书侍郎兼户部尚书、平章事。太宗、真宗时三度为相，封许国公，授太子太师。吕蒙正宽厚正直，对上敢言，对下宽容有雅度。卒于北宋大中祥符四年（1011），谥文穆，赠中书令。

　　②楪（dié）：通"碟"，盛食物的小盘。

　　③李卫公：唐初功臣李靖（571～649），本名药师，

京兆三原（今陕西三原东北）人。唐朝杰出的军事家。李靖为唐王朝的建立及发展立下赫赫战功，南平萧铣、辅公祏，北灭东突厥，西破吐谷浑。历任检校中书令、兵部尚书、尚书右仆射等职，封卫国公，世称李卫公。贞观二十三年（649），李靖病逝，年七十九。册赠司徒、并州都督，赐谥"景武"，陪葬昭陵。据《新唐书·李靖传》记载，李靖的子孙曾献出李靖的遗物，"有佩笔，以木为管龊，刻金其上"，还有"于阗玉带"，带上有金环可以佩物，"又有火鉴、大觿、算囊等物，常佩于带者"。这里是说虽为贤能之臣，李靖仍不免耽于这些细小的玩物上。

【赏读】

宋代官场贿赂成风，但在这则短文里，欧阳修却为我们生动地记载了一件吕蒙正的清廉逸事。

故事有几分诙谐。文中的那个朝士想用古董贿赂吕蒙正，并说这个古镜"能照二百里"，以此提高其价值。吕蒙正的弟弟听说后，还真就有些动心，便跟哥哥讲了这件事。不料，吕蒙正只答了一句"吾面不过楪子大，安用照二百里"，这答语极为巧妙。其实，朝士所言"能照二百里"，言外之意是指镜子的抛光度高，能反射光至二百里远的地方。而吕公说的却是自己脸小，用不上这块能收纳方圆二百里物景的镜子。弦外之音既是在说自己不是那么大脸的贪官，同时，也在玩笑中告诫对方不要再挖空心思想着行贿了。

　　人都是各有所好，小到烟酒糖茶、衣食住行，大到集古收藏、困于女色等。这些往往都会使人沉湎其中，也让小人能够投其所好，有机可乘。古往今来因受物欲驱使而最终身败名裂者，是数不胜数的。就连深明"君子寡欲"之道的欧阳修本人，也好金石和笔墨纸砚，而且还都是年龄越大越不能自拔。因此，当欧阳修联想到初唐大功臣李靖也有耽于小玩物的癖好后，不得不叹服吕蒙正的清廉为人，吕公是真的"寡好而不为物累者"也。

卷二 文人雅事 平生意趣足堪寄

野芳发而幽香，佳木秀而繁阴，风霜高洁，水清而石出者，山间之四时也。

游大字院记

六月之庚[①]，金伏火见[②]，往往暑虹昼明，惊雷破柱，郁云蒸雨，斜风酷热，非有清胜，不可以消烦炎，故与诸君子有普明后园之游。

春笋解箨[③]，夏潦涨渠[④]，引流穿林，命席当水。红薇始开，影照波上，折花弄流，衔觞对弈。非有清吟啸歌，不足以开欢情，故与诸君子有避暑之咏。太素最少饮，诗独先成，坐者欣然继之。日斜酒欢，不能遍以诗写，独留名于壁而去。他日语且道之，拂尘视壁，某人题也。因共索旧句，揭之于版，以致一时之胜，而为后会之寻云。

【注释】

①庚：农历从夏至后第三个庚日起入伏，故常用"庚"来代指伏天。

②金伏火见：指伏天到了。庚，五行属金。金伏，金气伏藏，代指庚日过去了，伏天开始了。火，心星，

二十八星宿之一，每年夏季出现在正南方向。火见，指代伏天到了。

③春笋解箨（tuò）：春笋脱下外皮。箨，竹笋上一片一片的皮。

④夏潦（lǎo）涨渠：夏天因雨大形成的大水涨满沟渠。

【赏读】

这是一篇游记小品，作于天圣九年（1031）。在欧阳修的文集里，纯粹的山水游记并不多见，能在二十五岁时，有这番清雅闲趣，当与其所处的天时地利人和大有关系。当时，欧阳修初入仕途，充西京留守推官，来到洛阳履职，正好赶上钱惟演出任洛阳最高行政长官之际。钱惟演本是吴越王钱俶的儿子，善作诗赋，雅好文艺，爱贤惜才，于是在钱惟演的周围逐渐形成了一个文人小团体，其中不乏名士。除了欧阳修以外，约略可举的还有河南县主簿梅尧臣、河南推官张汝士、河南通判谢绛、户曹参军尹洙、法曹参军张先等。而且，洛阳地区又颇多山水名胜，于是，这些意气相投的名士，常常聚在一起，吟诗作文、诗酒唱和、清游山水。这篇《游大字院记》，便记载盛夏的一个闷热日子，欧阳修和他的同僚好友们聚于普明寺后园的一次消暑之游。

　　呈现在作者眼前的是夏日园林景致，"春笋解箨，夏潦涨渠……红薇始开，影照波上"。这红花翠竹、绿波盈盈、青草茵茵的可爱景色，着实让人赏心悦目、凉意顿生，于是大家便"折花弄流，衔觞对弈"。如此临水命席、吟诗对弈、酣饮终日的文人雅集，颇有东晋王羲之等四十余位名士兰亭雅集的味道。

　　中国文人历来重视人与自然的关系，寄情山水、把酒临风、清游酣咏，蔚然成风，名人雅士普遍渴慕那种以自然的方式表达艺术化的人格境界。因而，兰亭的风雅集会，便一直为后世所歆羡。所不同的是，欧阳修这篇《游大字院记》，并没有《兰亭集序》兴尽悲来的萧瑟之叹，全文洋溢着朋友们夏日游赏园林的洒脱，也含有对日后相聚、重寻欢会踪迹的期待。

画舫斋记

予至滑①之三月，即其署东偏之室，治为燕私②之居，而名曰画舫斋。斋广一室，其深七室，以户相通，凡入予室者，如入乎舟中。其温室之奥③，则穴其上以为明；其虚室之疏以达，则栏槛其两旁以为坐立之倚。凡偃休于吾斋者，又如偃休乎舟中。山石崭峯④，佳花美木之植列于两檐之外，又似泛乎中流，而左山右林之相映，皆可爱者。故因以舟名焉。

《周易》之象，至于履险蹈难，必曰涉川。盖舟之为物，所以济险难，而非安居之用也。今予治斋于署，以为燕安，而反以舟名之，岂不戾哉？矧予又尝以罪谪走江湖间，自汴绝淮，浮于大江，至于巴峡，转而以入于汉沔⑤，计其水行几万余里。其羁穷不幸，而卒遭风波之恐，往往叫号神明以脱须臾之命者，数矣。当其恐时，顾视前后，凡舟之人，非为商贾，则必仕宦。因窃自叹，以谓非冒利与不得已者，孰肯至是哉？赖天之惠，全活其生，今得除去宿负，列官于朝，以来是州，饱廩食而安署居。追思曩时⑥山川所历，舟楫之危，蛟龟之出没，波涛之汹欻⑦，宜其寝惊而梦愕。而乃忘其险阻，犹以舟名其斋，岂真乐于舟居者邪！

然予闻古之人，有逃世远去江湖之上，终身而不肯反者，其必有所乐也。苟非冒利于险，有罪而不得已，使顺风恬波，傲然枕席之上，一日而千里，则舟之行，岂不乐哉！顾予诚有所未暇，而舫者宴嬉之舟也，姑以名予斋，奚曰不宜？

予友蔡君谟善大书，颇怪伟，将乞其大字以题于楹，惧其疑予之所以名斋者，故具以云。又因以置于壁。

壬午十二月十二日书。

【注释】

①滑：滑州，今河南滑县。欧阳修于庆历二年（1042）十月到滑州任通判。

②燕私：休息。

③温室之奥：指画舫斋最里面的房子。

④崷崒（qiú zú）：峥嵘高峻的样子。

⑤汉沔（miǎn）：汉水和沔水。

⑥曩（nǎng）时：以前。

⑦泑欻（xū）：形容声音喧腾迅疾。

【赏读】

　　本文作于欧阳修任滑州通判期间。他在衙署西侧建了一处燕私的居所，并由此借物言志，写了这篇散文。

　　本来，古代官员在前院办公、后院作自家居所，是寻常惯例。但欧阳修别出心裁，他偏偏把这个新居建造成游船模样，并赋予一个诗意的名字"画舫斋"。这个书斋纵深共七个房间，都是门户相连，人入其中，有走进船舱的感觉。从建造地形分析，欧阳修这个新居大概是建造在土堆前，以致最里面的房间深入土坡里，要开天窗才可采光；而最外面的房间，则没有墙壁，只用几根柱子支撑，围以栏杆。两檐之外，作者不忘堆立假山，并多植美木嘉草。如此一来，人处斋中，仿佛置身舟中，凭栏眺望，两侧连绵高峰、草木交映成趣，确乎景致如画，令人赏心悦目。

　　然而，"画舫斋"的命名，还有更深的寓意。按常理，"舟之为物，所以济险难，而非安居之用也"。《周易》中的卦辞也用"利涉大川"比喻主人会履险蹈难。可见，以舟名室，是犯了常人忌讳的。不过，欧阳修偏偏不信这个邪，他追忆了自己六年前被贬夷陵，从汴河出发，越淮河入长江，溯江而上经三峡才到贬所。而两年后，他又沿长江东下，溯汉水，去乾德县。这样算来，前后水路行程几万里，其间风浪之恐，几葬身波涛中。那惊涛骇浪噩梦般贬窜的经历，令作者难以忘怀，所以，他给书斋起名"画舫"，是提醒自己"来是州，饱廪食而安署居"的生活来之不易。

　　行文至此，本可以收束了，可欧阳修却又宕开一笔，写了一番隐士之乐。他假设，如果人摆脱了功名心，选一风清气和、湖恬波静的日子，驾一叶小舟逍遥于江海之上，是多么美妙的人生享受呀。到这里，我们才弄明白，欧阳修造画舫斋，更深的旨趣在于逃离世间扰人风波，做一个精神自在的隐士。不过，现实总不似理想那么美好，"顾予诚有所未暇"一句，又把自己浪漫的心收归到现实中来了。事实上，为人刚直、志向宏大的欧阳修，怎可能在功不成、名未就之时，便归隐了呢？

　　最后，作者交代写此文的原因。原来，他想让好友蔡襄帮忙题写"画舫斋"的匾额，又怕蔡君题匾时有疑虑，便代蔡君层层设疑，自己再一步步抽丝剥茧给予解答。如此便使文情起伏、轻松推进。清人浦起龙在《古文眉诠》中评价这篇文章是"因名写趣，因名设难，因名作解，亦是饱更世故之言"，此诚至论。

丰乐亭记

修既治滁之明年[①]，夏，始饮滁水而甘。问诸滁人，得于州南百步之近。其上丰山耸然而特立，下则幽谷窈然而深藏，中有清泉，滃然而仰出。俯仰左右，顾而乐之。于是疏泉凿石，辟地以为亭，而与滁人往游其间。

滁于五代干戈之际，用武之地也。昔太祖皇帝尝以周师破李景兵十五万于清流山下，生擒其将皇甫晖、姚凤于滁东门之外[②]，遂以平滁。修尝考其山川，按其图记，升高以望清流之关[③]，欲求晖、凤就擒之所，而故老皆无在者。盖天下之平久矣。自唐失其政，海内分裂，豪杰并起而争，所在为敌国者，何可胜数！及宋受天命，圣人出而四海一。向之凭恃险阻，划削消磨，百年之间，漠然徒见山高而水清。欲问其事，而遗老[④]尽矣。

今滁介于江、淮之间，舟车商贾、四方宾客之所不至。民生不见外事，而安于畎亩[⑤]衣食，以乐生送死。而孰知上之功德，休养生息，涵煦百年之深也！

修之来此，乐其地僻而事简，又爱其俗之安闲。既得斯泉于山谷之间，乃日与滁人仰而望山，俯而听泉，掇幽芳而荫乔木，风霜冰雪，刻露清秀，四时之景，无不可爱。又幸其民乐其岁物之丰成，而喜与予游也。因为本其山川，道其风俗之美，使民知所以安此丰年之乐者，幸生无事之时也。

夫宣上恩德，以与民共乐，刺史之事也。遂书以名其亭焉。

庆历丙戌⑥六月日，右正言、知制诰、知滁州军州事欧阳修记。

【注释】

①修既治滁之明年：欧阳修在庆历五年（1045）贬知滁州，这里所说明年，就是庆历六年（1046）。

②"昔太祖皇帝尝以周师破李景兵"二句：据《资治通鉴·后周纪》记载，后周世宗显德三年（956），"上命太祖皇帝倍道袭清流关，皇甫晖等阵于山下，方与前锋战。太祖皇帝引兵出山后，晖等大惊，走入滁州，欲断桥自守。太祖皇帝跃马麾兵涉水，直抵城下……晖整众而出，太祖皇帝拥马颈突阵而入，大呼曰：吾止取皇甫晖，他人非吾敌也。手剑击晖中脑，生擒之，并擒姚

凤，遂克滁州"。

　　③清流之关：清流关在今安徽滁州市西北清流山上，军事要地。

　　④遗老：经历过这件事情的老人。

　　⑤畎（quǎn）亩：田地。

　　⑥庆历丙戌：此指庆历六年，即公元1046年。

【赏读】

　　本文不是一篇单纯的游记散文，它深寓了作者的古今之叹。

　　通观全文，作者感叹滁州之美，并没费什么笔墨。他仅仅叙述了一下滁州南丰山耸然特立、直插云霄；山下的清泉，甘甜爽口；泉下窈然山谷，苍翠幽深。如此高山幽谷、竹树环绕、泉水潺湲的佳境，令人流连忘返，于是太守欧阳修便"疏泉凿石，辟地以为亭"，建了这座"丰乐亭"。非常简单的几句话，便把亭事的时间、地点、起因，全都介绍清楚了。

　　但是，描写滁地之美只是作者萌生思古之情的引子，作者由眼前美景联想到的是九十年前，这里曾发生过的一场大战。后周显德三年（956），赵匡胤奉周世宗之命，在这里大败南唐中主李璟的十五万雄师，所谓"圣人出而四海一"，这一战换来滁州此后近百年的和平安定。但是，令人唏嘘的是，当年的古战场旧事，早已湮没无闻，以致作者不得不慨叹"向之凭恃险阻，划削消磨，百年之间，漠然徒见山高而水清。欲问其事，而遗老尽矣"，换句话说，就是现今安逸的滁州百姓，都不知道这里曾是五代时的用武之地，当年这里虽然兵祸连连，而今却是"民生不见外事，而安于畎亩衣食"的一派世外桃源的景象。

欧阳修之所以慨叹这来之不易的安逸生活，是有原因的。在贬知滁州前，欧阳修曾任河北都转运使，负责河北路全线财税及沿路各州、府官员的考察，因其地处宋辽边境，故而此职是备受朝廷重视的。也正因为职责所在，欧阳修非常详实地了解了北地边民生活的动荡不安。与北地岌岌可危的生存苦状相对比，滁州真算得上人间福地了。

作为封建时代的正直官员，欧阳修因这次贬谪，从而摆脱了复杂的中央政局的漩涡，转到生活如此安闲的滁州，可谓是不幸中的大幸，也是他本人始料未及的。精神上一下子轻松下来的欧阳修无比高兴，他说："乐其地僻而事简，又爱其俗之安闲。"又说："幸其民乐其岁物之丰成，而喜与予游也。"地方好、民风好、收成好，这对于地方官来讲，就是最大的满足，所以他要专门写这篇抒情散文，并命名为"丰乐亭"，以志其乐也。

醉翁亭记

　　环滁皆山也。其西南诸峰，林壑①尤美。望之蔚然而深秀者，琅琊②也。山行六七里，渐闻水声潺潺，而泻出于两峰之间者，酿泉③也。峰回路转，有亭翼然④，临于泉上者，醉翁亭也。作亭者谁？山之僧曰智仙也。名之者谁？太守自谓也。太守与客来饮于此，饮少辄醉，而年又最高，故自号曰醉翁也。醉翁之意不在酒，在乎山水之间也。山水之乐，得之心而寓之酒也。

　　若夫日出而林霏⑤开，云归而岩穴暝，晦明变化者，山间之朝暮也。野芳发而幽香，佳木秀而繁阴，风霜高洁，水清而石出者，山间之四时也。朝而往，暮而归，四时之景不同，而乐亦无穷也。

　　至于负者歌于途，行者休于树，前者呼，后者应，伛偻⑥提携，往来而不绝者，滁人游也。临溪而渔，溪深而鱼肥，酿泉为酒，泉香而酒洌。山肴野蔌，杂然而前陈者，太守宴也。宴酣之乐，非丝非竹⑦。射者中，奕者胜，觥筹⑧交错，起坐而喧哗者，众宾欢也。苍颜白发，颓然乎其间者，太守醉也。

已而，夕阳在山，人影散乱，太守归而宾客从也。树林阴翳，鸣声上下，游人去而禽鸟乐也。然而禽鸟知山林之乐，而不知人之乐；人知从太守游而乐，而不知太守之乐其乐也。醉能同其乐，醒能述以文者，太守也。太守谓谁？庐陵欧阳修也。

【注释】

①壑（hè）：深沟。

②琅琊：东晋元帝曾以琅琊王渡江，驻跸在滁州，故而滁州溪山都有琅琊之名。

③酿泉：又名醴泉，琅琊溪的源头之一。

④翼然：形容醉翁亭高起的飞檐。

⑤林霏：林间云气。

⑥伛偻（yǔ lǚ）：老人。

⑦非丝非竹：既不是弦乐器，也不是管乐器。

⑧觥筹：觥是酒杯，筹是计数用的酒筹。

【赏读】

这是一篇抒情散文，作于庆历六年（1046），欧阳修贬知滁州期间。

　　读其文，须知其人。欧阳修为什么一到滁州就自号"醉翁"，并以"醉"名亭，写下这篇千古佳作呢？难道真像某些论者所称，是其在庆历新政全面失败后，压抑、苦闷心绪的讳饰吗？实际上，此说不免流于肤浅，非真知醉翁者也。要知道，欧阳修一生为人刚正真诚，文如其人，他从不在文章里说假话、掩饰自己的真性情。

　　事实上，此番遭贬，来到滁州的欧阳修已届不惑之年了，他比以前任何时候都更坚定自己的做人信念，同时，他也比任何人都清楚自己该如何立于浊世。我们考之十年前，即景祐三年（1036），欧阳修初贬夷陵县令时，他曾写信勉励好友尹师鲁"益慎职、无饮酒"，告诫余靖"勿作戚戚之文"，这都足以见出在残酷打压之下，欧阳修是多么气定神闲、襟怀坦荡。十年后，欧阳修却选择了"醉"，这是因为"醉"能让人表面糊涂，不为纷扰的世事搅乱内心，相应的，便能更坚定地保有自己强大的内心。因而，十年前后的矛盾表现，只是欧阳修处世的表象变化了而已，十年前的内心诉求是外露的，而十年后，人成熟了，也明智了，他转而以"醉"掩饰其内心的固守。

　　那么，欧阳修醉于何物呢？是琅琊山的美景使他陶醉，是淳朴亲切的民风使他陶醉，是醇香清冽的美酒使他陶醉。人生有此"三醉"，则自号"醉翁"，理固宜然。在醉翁笔下，凡此三醉，都用了由远及近的笔法。写美景，先呵起一句"环滁皆山也"，然后拉近镜头写"西南诸峰"与酿泉，最后聚焦到醉翁亭和"意不在酒"的醉太守身上。美景写完该写民风，作者还是先写远处"负者""行人""老人""小孩"的林中之行，再写近处众宾喧哗的宴酣之乐，最后归集到焦点人物"颓然乎其间"的醉太守。最后，作者还没忘了写人与自然的和谐之美。还是从远处禽鸟之乐写起，再写众人乐太守之乐，相携而去，最终仍旧聚焦到"乐其乐"的醉太守身上。

"乐"是全文的主题，而连缀这一主题的是作者骈散交错的行文与高妙的"也"字排韵。欧阳修一口气用了二十一个"也"，既构成文章的独特韵脚，又增强了文章的抒情意味，营造出一种情景交融、人与自然心灵相通的诗化意境。

中国文化史上，往往景因文而流传，譬如滕王阁与王勃的《滕王阁序》，岳阳楼与范仲淹的《岳阳楼记》，赤壁与苏轼的《赤壁赋》。滁州，这个当年并不繁华的地方，也因欧阳修这篇《醉翁亭记》而扬名千载。《滁州志》记载："欧阳公记成，远近争传，疲于摹打。山僧云：'寺库有毡，打碑用尽，至取僧室卧毡给用。'凡商贾来，亦多求其本，所遇关征，以赠官，可以免税。"可见，如此美文，在当时就已是奇货可居了。

菱溪石记

菱溪之石①有六：其四为人取去；其一差小而尤奇，亦藏民家；其最大者，偃然僵卧于溪侧，以其难徙，故得独存。每岁寒霜落，水涸而石出②，溪旁人见其可怪，往往祀以为神。菱，溪，按图与经皆不载。唐会昌③中，刺史李渍④为《荇溪记》，云水出永阳岭，西经皇道山⑤下。以地求之，今无所谓荇溪者，询于滁州人，曰此溪是也。杨行密⑥有淮南，淮人为讳其嫌名⑦，以荇为菱，理或然也。

溪傍若有遗址，云故将刘金⑧之宅，石即刘氏之物也。金，伪吴时贵将，与行密俱起合淝，号三十六英雄，金其一也。金本武夫悍卒，而乃能知爱赏奇异，为儿女子之好⑨，岂非遭逢乱世，功成志得，骄于富贵之佚欲而然邪？想其陂池、台榭、奇木、异草，与此石称，亦一时之盛哉。今刘氏之后散为编民，尚有居溪旁者。

予感夫人物之废兴，惜其可爱而弃也，乃以三牛曳置幽谷，又索其小者，得于白塔民朱氏，遂立于亭之南北。亭负城而近，以为滁人岁时嬉游之好。

夫物之奇者，弃没于幽远则可惜，置之耳目，则爱者不免取之而去。嗟夫！刘金者虽不足道，然亦可谓雄勇之士，其平生志意岂不伟哉？及其后世，荒堙零落，至于子孙泯没而无闻，况欲长有此石乎？用此可为富贵者之戒。而好奇之士闻此石者，可以一赏而足，何必取而去也哉？

【注释】

①菱溪之石：类似太湖石的观赏石。其石怪异，色绀碧，多空窍。

②水涸而石出：秋冬时节，河水干涸，水位下降，石头便露出水面。

③会昌：唐武宗年号（841~846）。

④李渍：武宗朝官洛阳令，后迁滁州刺史。

⑤皇道山：位于滁州东北。

⑥杨行密（852~905）：字化源，原名行愍，庐州合肥（今安徽合肥长丰）人，唐末著名政治家、军事家，五代十国时期吴国创建者。天祐二年（905），杨行密去世，谥号武忠，又改谥孝武，庙号太祖。

⑦讳其嫌名：是说杨行密的"行"与荇溪的"荇"

读音相同，为避其名讳，改为"菱溪"。

⑧刘金：杨行密的部将，骁勇善战。唐僖宗时与杨行密同在合淝起事，后为濠、滁二州刺史。

⑨儿女子之好：指的是对山石竹木等物的喜好。

【赏读】

欧阳修在做滁州知州期间，曾在州南丰山脚下建了一个丰乐亭。因为非常喜欢这个亭子，他还特意找了两块菱溪奇石，置于亭的南北两侧，以供滁州百姓"岁时嬉游之好"。

文人往往有独特的审美趣味，欧阳修除了有金石收藏、书法的爱好以外，还喜欢赏石。赏石是需要人具备一定的抽象和联想能力的，否则无从体会出石头的美感。欧阳修到了滁州，不久便发现当地的菱溪石有很特别的美。这种观赏石，嶙峋怪异、莹洁如玉、颜色绀碧，又多空窍，凝神静观，给人无限遐想。于是，欧阳修遍寻滁地，终于找到了一大一小两块菱溪石。其中，小的那一块，是欧阳修向一户朱姓人家索求来的；另一块大的，原本是五代十国时吴国大将刘金的庭院之物，因其后代子孙不善治家，家道零落，此石又被弃置菱溪旁。欧阳修因其巨大，命人"以三牛曳置幽谷"，供好奇之士"一赏而足"。

　　结尾处，作者不忘发了一顿感慨，他认为将世间奇物据为己有，是极不明智的。富贵如刘金者，当年虽有能力侵夺美石，只供自家欣赏。但后世难料，他子孙庸常无能，以致祖业零落湮没，此时这块美石，便也随着家道中落，被弃置溪边，再无人问津了。以后事推前事，欧阳修感叹"何必取而去也哉"？是的，所谓独乐乐，不如众乐乐，世人共赏奇石，岂不更好吗？不过，我们也感叹欧阳老先生虽然心里承认这样的道理，但是轮到自己在收藏金石拓片的爱好上，他也没做到"众乐乐"，而是写成了《集古录》，欲让这些收藏作为传家宝，一直留给自家子孙传下去。

月石砚屏歌序

　　张景山在虢州①时，命治石桥。小版一石，中有月形，石色紫而月白，月中有树森森然，其文②黑而枝叶老劲，虽世之工画者不能为，盖奇物也。景山南谪，留以遗予。予念此石古所未有，欲但书事则惧不为信，因令善画工来松③写以为图。子美见之，当爱叹也。其月满，西旁微有不满处，正如十三四时，其树横生，一枝外出。皆其实如此，不敢增损，贵可信也。

【注释】

　　①张景山在虢州：张景山时为虢州刺史，是欧阳修的属下。虢州，今河南省灵宝市。

　　②文：通"纹"，纹理。

　　③来松：画匠的名字。

【赏读】

　　古人置砚屏于几案之上，本意是为砚台遮风挡尘，防止墨汁受污染，也使其不至于快速风干。但事实上，文人书房多为晴窗静室，何来大风尘呢？话又说回来，如果真有风尘，那一方小小的砚屏，又会起到多大的遮蔽效果呢？可见，砚屏的实际功用几乎为零，它逐渐演化成了文人几案上的清玩之物。

欧阳修在这篇短文里记载的这方石版砚屏，是庆历八年（1048），属下张景山南谪，临行前赠予他的。石料取自虢州当地石材，底色为紫色，中有莹白如圆月的图案和黑色似婆娑桂树的花纹。凝神细观，这小石屏颇似一幅月夜风景画：在一个无风的夜晚，月色映照着树影，一株老桂树枝干遒劲，其幽邃森然的韵味，能引发人无限遐思。

这一方小小的石版砚屏，以其浑然天成的自然图案，给人不尽的妙想，故而，欧阳修对它爱不释手。他特意找来高明的画工，仿照石屏的形制与图案，画成一幅小画，寄给了远在苏州的好友苏舜钦，二人还各为这方砚屏而作诗唱和了一番。

事实上，欧阳修在此后二十多年的时间里，几度南北迁谪漂泊，都将此砚屏带在身边，只有挚交文友来访，才肯拿出来共同赏玩一番。梅尧臣、苏舜钦、苏轼、苏辙等文学家，都为这方小砚屏留下了咏叹的诗作。南宋赵希鹄《洞天清录》云："古无砚屏，或铭砚，多镌于砚之底与侧，自东坡、山谷始作砚屏……"这大概是欠考证的，从欧阳修这篇文章看，我们起码可以断定北宋中期以前，欧阳修、梅尧臣的时代，文人们就已经开始留意砚屏这种几案清玩之物了。

《七贤画》序

　　某不幸，少孤。先人为绵州^①军事推官时，某始生，生四岁而先人捐馆。某为儿童时，先姚尝谓某曰："吾归汝家时，极贫。汝父为吏至廉，又于物无所嗜，惟喜宾客，不计其家有无，以具酒食。在绵州三年，他人皆多买蜀物以归，汝父不营一物，而俸禄待宾客，亦无余已。罢官，有绢一匹，画为《七贤图》六幅，曰此七君子吾所爱也。此外无蜀物。"后先人调泰州^②军事判官，卒于任。比某十许岁时，家益贫。每岁时设席祭祀，则张此图于壁，先姚必指某曰："吾家故物也。"后三十余年，图亦故暗。某忝立朝，惧其久而益朽损，遂取《七贤》，命工装轴之，更可传百余年。以为欧阳氏旧物，且使子孙不忘先世之清风，而示吾先君所好尚。又以见吾母少寡而子幼，能克成其家，不失旧物。盖自先君有事后二十年，某始及第。今又二十三年矣，事迹如此，始为作赞并序。

【注释】

　①绵州：今四川省绵阳市涪城区。

　②泰州：今江苏省泰州市。

【赏读】

　　写这篇文章时，欧阳修正在家中服母丧。他四岁丧父，与母亲相依为命，除了二十岁前后曾因外出应试，而与母亲短暂分别以外，母子始终不离不弃。现在母亲去世了，欧阳修的心中该是多么悲痛与不舍！他百无聊赖，心绪难以平静，就想找些家中旧物，回忆往昔岁月，但找来找去，仅仅找到了这幅《七贤图》。

　　这是在一匹绢上画的七位古代君子，都是欧阳修的父亲欧阳观生平最敬爱的古代贤人，是他在绵州任推官时，特地买下一匹绢，并请人绘制成的。别人到蜀地为官，"皆多买蜀物以归"，而欧阳观却"不营一物，而俸禄待宾客，亦无余已"。其为官之清廉、人品之高尚，是迥然有别于侪辈的。父亲死后，母亲郑氏继承丈夫的遗志，"每岁时设席祭祀，则张此图于壁"，虽然只是行动，没有语言，但却胜过千言万语的说教。母亲无言的教导，让欧阳修从小便对"先世之清风"有了深刻领悟，他早早地在内心中树立了自己立身处世的准则。

虽然父母俱往矣，唯独留下《七贤图》这一点儿记忆，但这幅图轴承载的父母对儿子的殷切期待，却没被辜负。此时，欧阳修已是位列两府的名臣，声震寰宇的政坛、文坛双料领袖。毫无疑问，是家学风范成就了欧阳修的一世英名！望着眼前这幅旧暗的图轴，欧阳修深深地感激父母留给自己的精神财富，他于是"命工装轴之"，以传百年，"使子孙不忘先世之清风"。

家风遗德不比黄金珠宝，它是无形的，但却无价，是最值得留给子孙的传家宝。

《集古录目》 序

　　物常聚于所好，而常得于有力之强。有力而不好，好之而无力，虽近且易，有不能致之。象犀虎豹，蛮夷山海杀人之兽，然其齿角皮革，可聚而有也。玉出昆仑流沙万里之外，经十余译乃至乎中国。珠出南海，常生深渊，采者腰絙①而入水，形色非人，往往不出，则下饱蛟鱼。金矿于山，凿深而穴远，篝火糗粮而后进，其崖崩窟塞，则遂葬于其中者，率常数十百人。其远且难而又多死祸，常如此。然而金玉珠玑，世常兼聚而有也。凡物好之而有力，则无不至也。

　　汤盘，孔鼎，岐阳之鼓，岱山、邹峄、会稽之刻石，与夫汉、魏已来圣君贤士桓碑、彝器②、铭诗、序记，下至古文、籀篆、分隶诸家之字书，皆三代以来至宝，怪奇伟丽、工妙可喜之物。其去人不远，其取之无祸。然而风霜兵火，湮沦磨灭，散弃于山崖墟莽之间未尝收拾者，由世之好者少也。幸而有好之者，又其力或不足，故仅得其一二，而不能使其聚也。

　　夫力莫如好，好莫如一。予性颛而嗜古，凡世人之所贪者，皆无欲于其间，故得一其所好于斯。好之已笃，则力虽未足，犹能致之。故上自周穆王以来，下更秦、汉、隋、唐、五代，外至四海九州、名山大泽、穷崖绝谷、荒林破冢、神仙鬼物、诡怪所传，莫不皆有，以为《集古录》。以谓传写失真，故因其石本，轴而藏之。有卷帙次第，而无时世之先后，盖其取多而未已，故随其所得而录之。又以谓聚多而终必散，乃撮其大要，别为《录目》，因并载夫可与史传正其阙谬者，以传后学，庶益于多闻。

　　或讥予曰："物多则其势难聚，聚久而无不散，何必区区于是哉？"予对曰："足吾所好，玩而老焉可也。象犀金玉之聚，其能果不散乎？予固未能以此而易彼也。"

　　庐陵欧阳修序。

【注释】

　　①絙（gēng）：大粗绳索。

　　②彝器：古代宗庙常用的青铜祭器的总称。

【赏读】

　　在这篇文章里，欧阳修讲出了一个收藏界的共识——

"物常聚于所好，而常得于有力之强"。说的就是在收藏过程中，虽然藏家的个人喜好与能力都十分重要，但二者比较起来，"力莫如好，好莫如一"，并且是"好之已笃，则力虽未足，犹能致之"，这里又强调了收藏毅力的重要性。欧阳修认为，与个人爱好、能力相比，能长久坚持下去的收藏韧劲儿更可贵。

欧阳修一生清心寡欲，用他的话说就是"世人之所贪者，皆无欲于其间"。既然无意于世俗爱好，则其嗜古的异好，必定是专注而长久的。大约从庆历五年（1045）至嘉祐七年（1062）的十余年时间里，欧阳修收集金石拓片"得千卷"（《与蔡君谟求书〈集古录序〉书》）。而且，从嘉祐八年（1063）开始，只要得闲，欧阳修差不多每天都会为所藏拓片写序跋文字，一直到去世前不久，他还在为稿件做最后的修订工作。这足以见欧阳修对金石收藏的热情。现存《集古录》十卷，收有欧阳修所作序跋 400 多篇，这对于今人考证史籍、研究书法文字，都极具价值。

考证古籍以反思历史、修习文字以成书法之美，是欧阳修一生的志趣所在，巧合的是，这两项爱好可以在金石收藏上统一起来。因此，我们也就不奇怪为什么欧阳修会如此迷恋此道了。虽然，他也深知"物多则其势难聚，聚久而无不散"的道理，但因为金石确实带给了自己无穷兴味，以至不能自拔。于是，欧阳修便自我安慰说："足吾所好，玩而老焉可也。"大有人生路漫漫，金石常相伴的味道，这么看来，欧阳修先生还是追求现世的自我满足，一副不问身后事的态度。

三琴记

　　吾家三琴，其一传为张越琴，其一传为楼则琴，其一传为雷氏琴[①]。其制作皆精而有法，然皆不知是否。要在其声如何，不问其古今何人作也。琴面皆有横文[②]如蛇腹，世之识琴者以此为古琴，盖其漆过百年始有断文，用以为验尔。其一金晖[③]，其一石晖，其一玉晖。金晖者，张越琴也；石晖者，楼则琴也；玉晖者，雷氏琴也。金晖其声畅而远，石晖其声清实而缓，玉晖其声和而有余。今人有其一已足为宝，而余兼有之，然惟石晖者，老人之所宜也。世人多用金玉蚌琴晖，此数物者，夜置之烛下炫耀有光，老人目昏，视晖难准，惟石无光，置之烛下黑白分明，故为老者之所宜也。

　　余自少不喜郑卫[④]，独爱琴声，尤爱《小流水曲》[⑤]。平生患难，南北奔驰，琴曲率皆废忘，独《流水》一曲梦寝不忘，今老矣，犹时时能作之。其他不过数小调弄，足以自娱。琴曲不必多学，要于自适；

琴亦不必多藏，然业已有之，亦不必以患多而弃也。

嘉祐七年上巳后一日，以疾在告，学书，信笔作《欧阳氏三琴记》。

【注释】

①张越琴、楼则琴、雷氏琴：张越、楼则以及雷氏家族三代人，都是唐代著名的制琴大师。

②文：通"纹"。时间久了，琴漆干裂形成的断纹，是判断古琴年代的参考依据之一。

③晖：通"徽"。原指琴上系弦的绳，后来指琴弦音位的标志。即古琴面嵌有一排圆星点，共 13 个，以金、玉或贝等制成。

④郑卫：春秋时代郑、卫两地的音乐。此地民俗轻靡淫逸，音乐亦浮华淫靡，有违清雅之道，正人君子所不屑。

⑤《小流水曲》：即下文所说的《流水》，古琴名曲。

【赏读】

琴棋书画，是古代文人雅士必备的修身技能，被称为"文人四友"。其中，琴指古琴，由于古人认为"琴之为物，圣人制之，以正心术，导政事，和六气，调玉烛，实天地之灵气、太古之神物"，故而，琴成为文人修身的首选器物。欧阳修也不例外，他极其喜欢琴，家中收藏了三张名贵古琴。

然而，有趣的是，欧阳修对这三张琴并没花心思研究，他既讲不清楚三张琴的精妙之处，也不敢推断琴的真假，只是含糊地说自己的琴都有横断纹，应该是有年头的古物了。可见，欧阳修并不在意琴本身的价值，他看重的是"其声如何"。这就是欧阳修"藏琴"的心态，虽然与世俗风尚迥异，但却得到北宋鉴琴名家陈伯葵的肯定。陈伯葵曾在《琴说》中说："近世王公贵人之好琴者，往往以断相尚，而不知琴之所主者在声。"以此衡量，欧阳修乃真知琴者。

事实上，一生宦海沉浮、看尽繁华，也历尽沧桑的欧阳修，早已厌倦了世俗的虚伪与浮华，此时的他返璞归真，追求的仅仅是真实、简单。对于琴，他提出"要在其声如何"的关键标准之后，又进一步说，石徽琴比金徽、玉徽的好，原因仅仅是老年人眼花，金徽、玉徽在烛光下太炫目，影响老人视物。淡淡的口吻，道出了不执迷于金玉，"自适为贵"的哲思。不为物累、从容随意，这是人生到老，把一切都看开、看淡的境界，甚为难得。

说完琴，就该说弹奏的问题了。欧阳修认为弹琴的目的是"足以自娱""要于自适"。在《书琴阮记后》一文中，他也曾说："官愈高，琴愈贵，而意愈不乐。在夷陵时，青山绿水，日在目前，无复俗累，琴虽不佳，意则萧然自释。及做舍人、学士，日奔走于尘土中，声利扰扰盈前，无复清思，琴虽佳，意则昏杂，何由有乐？乃知在人不在器，若有以自适，无弦可也。"看来，老先生强调的还是"自适"，倘若自适其意，无琴无弦都可以。实际情况也确乎如此，欧阳修确实不会弹几首曲子，他自己也坦言只有《流水》一曲始终未忘。大概此曲时而明快，好似欢泉于山涧鸣响；时而惊心动魄，好似身处万壑争流之际；曲末流水之声复起，缓缓收势。那水流云存、肆意东西的绝妙表述，恰似欧阳修平生患难、南北奔驰的遭际。袅袅琴音，几多感伤，乐曲与人情早已融合无间了，又怎能忘却呢！

乍读此文，真的非常诧异欧阳修的小品文怎么这般家常闲话，也曾怀疑是作者老迈、文思迟钝的缘故。但是，用心细读几遍之后，却体会出这娓娓道来的闲话里，有不尽的人生况味。通观全文：作者于琴，求其自适；于音，求其适意。乃至此文，也是学书法时信笔而成之作，没有一丝刻意，絮絮叨叨的家常闲话里流露的还是自适的心态。如此忘机之作，形散而神聚，这恰恰是散文的至高境界。苏辙曾评价欧阳修的散文风格是"雍容俯仰，不大声色，而文理自胜"，足为定评。

《石鼓文》 跋

　　右《石鼓文》。岐阳[①]石鼓初不见称于前世，至唐人始盛称之，而韦应物以为周文王之鼓、宣王刻诗，韩退之直以为宣王之鼓。在今凤翔孔子庙中，鼓有十，先时散弃于野，郑余庆[②]置于庙而亡其一。皇祐四年，向传师[③]求于民间，得之乃足。其文可见者四百六十五，不可识者过半。

　　余所集录，文之古者，莫先于此。然其可疑者三四：今世所有汉桓、灵[④]时碑往往尚在，其距今未及千岁，大书深刻，而摩灭者十犹八九。此鼓按太史公《年表》，自宣王共和元年至今嘉祐八年，实千有九百一十四年。鼓文细而刻浅，理岂得存？此其可疑者一也。其字古而有法，其言与《雅》《颂》同文，而《诗》《书》所传之外，三代文章真迹在者，惟此而已。然自汉已来，博古好奇之士皆略而不道。此其可疑者二也。隋氏藏书最多，其志所录，秦始皇刻石、婆罗门外国书皆有，而犹无石鼓。遗近录远，不宜如此。此其可疑者三也。前世传记所载古远奇怪之事，类多虚诞而难信，况传记不载，不知韦、韩二君何据而知为文、宣之鼓也。隋、唐古今书籍粗备，岂当时犹有所见，而今不见之邪？然退之好古不妄者，余姑取以为信尔。至于字画，亦非史籀⑤不能作也。

庐陵欧阳某记，嘉祐八年六月十日书。

【注释】

①岐阳：治今陕西宝鸡凤翔县。相传石鼓最初就散落在凤翔田野里。

②郑余庆（745～820）：字居业，荥阳（今河南荥阳）人，唐朝宰相。

③向传师：宋真宗朝宰相向敏中的儿子，不好名利，只爱金石收藏。

④汉桓、灵：东汉桓帝、灵帝。

⑤史籀（zhòu）：周宣王时为史官，相传著大篆十五篇以训学童。一说，"籀"为诵读之意，非指具体人。

【赏读】

石鼓文成于先秦时代，是我国遗存至今年代最久远的石刻文字，其字体集大篆之成，又开小篆之先河，在书法史上具有极高价值。

欧阳修酷爱书法，一生极尽全力搜藏前代的金石拓片，其手中藏有一份石鼓文拓片，收录有 465 字。作为文史大家，欧阳修在欣赏史籀圆活大度、气势雄浑的手笔的同时，也对其进行了一番详细考证，并提出了三方面的质疑。第一，汉碑大书深刻，字迹磨灭尚有十之八九，而此石鼓文距今 1900 多年，笔画刻得浅而细，怎能还存字近一半？第二，夏商周三代的真迹，唯此一物，为什么自汉代以来的"博古好奇之士皆略而不道"呢？第三，隋代藏书甚富，连"秦始皇刻石、婆罗门外国书皆有"，为何唯独不著录此石鼓文呢？虽然，欧阳修无法判定石鼓文的真实成文时间，但是可以看出，欧阳修这三点质疑都很有见地，只是因为他非常尊敬韩愈的治学经验，所以最后欧阳修便"姑取以为信尔"，实则还是存疑的态度。

好一物，而能做到不人云亦云，不拘泥成说，这体现的是学者严肃、审慎的治学精神。时至今日，治石鼓文的研究者，仍在依据欧阳修的这番议论，研讨石鼓文的成文年代问题。

跋永城县学记

唐世执笔之士，工书者十八九，盖自魏、晋以来风流相承，家传少习，故易为能也。下逮懿、僖、昭、哀，衰亡之乱，宜不暇矣。接乎五代，四海分裂，士大夫生长干戈于积尸白刃之间，时时犹有以挥翰驰名于当世者，岂又唐之余习乎？如王文秉①之小篆，李鹗②、郭忠恕③之楷法，杨凝式④之行草。至于罗绍威⑤、钱俶⑥，皆武夫骄将之子，酣乐于狗马声色者，其于字画，亦有以过人。

及宋一天下，于今百年，儒学称盛矣，唯以翰墨之妙，中间寂寥者久之，岂其忽而不为乎？将俗尚苟简，废而不振乎？抑亦难能而罕至也？盖久而得三人焉，向时苏子美兄弟⑦以行草称，自二子亡，而君谟⑧书特出于世。

君谟笔有师法，真草惟意所为，动造精绝，世人多藏以为宝，而予得之尤多，若《荔枝谱》《永城县学记》，笔画尤精而有法者。故聊志之，俾世藏之，知余所好而吾家之有此物也。

庐陵欧阳某书。嘉祐八年，岁在癸卯中元日。

【注释】

①王文秉：号王逸老，五代时南唐书法家，擅小篆，笔力精劲。

②李鹗：仕后唐，笔法出自欧阳询。

③郭忠恕：仕周入宋，擅长山水画、篆书、隶书。

④杨凝式（873～954）：字景度，号虚白，华州华阴（今陕西华阴）人。历仕唐末、后梁、唐、晋、汉、周五代，官至宰相。杨凝式在书法史上历来被视为承唐启宋的重要人物，著名的"宋四家"都深受其影响。

⑤罗绍威：仕梁入宋，工书法，明音律。

⑥钱俶（929～988）：初名弘俶，字文德，是五代十国时期吴越的最后一位君王。

⑦苏子美兄弟：即苏舜元、苏舜钦兄弟，与欧阳修是至交。

⑧君谟：蔡襄（1012～1067），字君谟，兴化仙游（今属福建）人。宋仁宗天圣八年（1030）进士，北宋著名书法家、政治家、茶学家。庆历三年（1043）知谏院，后知福州，改福建路转运史。历知开封府、福州、泉州，入为翰林学士、三司使。英宗朝以母老求知杭州。卒谥忠惠。

【赏读】

这是一篇题于蔡襄书法作品之后的跋记。

欧阳修与蔡襄同朝为官，屡在朝议党争之际，互相扶持。事实上，他们不仅在政治能力上旗鼓相当，而且，在学识修养方面不相上下，彼此深深敬重，二人结下了一生的友谊。

在这篇短文里，欧阳修简单回顾了唐五代时期的书法盛况，接着，他慨叹入宋百余年来，得翰墨之妙者，只有三人——苏舜元、苏舜钦兄弟和蔡襄，用欧阳修的话说是"久而得三人焉"。而这三人，苏氏兄弟以才气命笔，俊逸有余，而功力不足，且都壮岁早亡，甚为可惜。相比之下，蔡襄书法便独显价值，被当时人赞为"近世第一"。

蔡襄是"宋四家"之一，擅长行书、楷书和草书，其中行、楷最妙，其书法风格浑厚端庄、淳淡婉美，自成一体。欧阳修极推重蔡襄的书法，举凡自己的喜爱文章，他多请蔡襄代为书写。譬如他的"画舫斋"题名，《荔枝谱》《〈集古录目〉序》《永城县学记》等，都出自蔡襄的手笔。由于蔡襄很少写书法赠人，所以即便是贵为皇帝的宋仁宗，都以收藏到蔡襄的作品而感到兴奋。故而，欧阳修甚以自家收藏蔡襄书法之丰富而骄傲，他说"聊志之，俾世藏之，知余所好而吾家之有此物也"，自豪之情，溢于言表。

　　此文作于嘉祐八年（1063），距离蔡襄辞世（1067）仅有五年时间。想必欧阳修深知老友的健康情况，作此文的目的，既综论唐五代书法，为蔡襄书法做出历史定位，又在字里行间流露着二人的友情。这友情绵延了一生，真挚而深厚。

《龙茶录》^①后序

茶为物之至精，而小团又其精者，录叙所谓上品龙茶者是也。盖自君谟始造而岁贡焉，仁宗尤所珍惜，虽辅相之臣未尝辄赐。惟南郊大礼致斋之夕，中书、枢密院各四人共赐一饼，宫人剪金为龙凤花草贴其上。两府八家分割以归，不敢碾试，相家藏以为宝，时有佳客，出而传玩尔。至嘉祐七年，亲享明堂，斋夕，始人赐一饼，余亦忝预^②，至今藏之。

余自以谏官供奉仗内，至登二府，二十余年，才一获赐，而丹成龙驾^③，舐鼎^④莫及，每一捧玩，清血交零而已。因君谟著录，辄附于后，庶知小团自君谟始，而可贵如此。治平甲辰七月丁丑，庐陵欧阳修书还公期^⑤书室。

【注释】

①《龙茶录》：即《茶录》，蔡襄著。

②忝预：有幸参与其中。

③丹成龙驾：指宋仁宗驾崩。

④舐鼎：追攀。

⑤公期：薛公期，欧阳修第三任妻子薛氏的兄弟，喜收藏书画。

【赏读】

本文的写作缘起，大概是薛公期请求欧阳修在他所收藏的一本《龙茶录》书后，写一篇序。如果不能直接找到《龙茶录》的作者蔡襄，那么，让欧阳修写这篇后序，就真的是再合适不过了。

欧阳修与蔡襄的交情极深。二人同为谏官，彼此互相珍惜互相尊重，都曾为了对方的政治前途而不惜触龙颜、犯众怒。平日的生活情趣，两人也互补共进。欧阳修喜好金石收藏，蔡襄便时常为其所藏的金石拓片题记；蔡襄善书法，欧阳修便送他名贵砚台。对于蔡襄喜茶道、著《龙茶录》，欧阳修自是颇详其中故事。

庆历年间，宋仁宗体恤蔡襄老母年迈且蔡襄事母心切，便同意调蔡襄出任福建路转运使，这样，监造岁时贡品便成为蔡襄的职责了。大概也出于对皇帝体恤属下疾苦的真诚回报，蔡襄在督造进贡的龙茶上非常用心。此前的龙茶都是八枚一斤的规制，而蔡襄则精益求精，拣选极品茶叶制成更小的茶饼，二十枚共一斤。这种小饼茶就被称作"小团"，一枚价值二两黄金，每年进贡给皇帝的也只有一斤。于是，物以稀为贵，宋仁宗极珍惜这种小团龙茶，以至于竟将一枚小茶饼赐给八位大臣平分。

皇帝抠门儿自不消说了，有意思的是，这得八分之一块小茶饼的八位大臣，反倒觉得荣耀无比。欧阳修就明显是这么想的。他似乎对喝茶没多大兴致，对于好友蔡襄这本《龙茶录》也不愿多费笔墨介绍一二，而只是一味地看重小团龙茶背后的意义。他写自己舍不得喝掉这小饼茶，说只有贵客来时才肯拿出来捧玩一下，以至到了仁宗驾崩后，看到这小饼茶就"清血交零"。大概人都有局限，封建时代的官吏，衣食仰赖皇帝，如果恰好这位皇帝又有些仁厚之心，则那些有人情的臣子便要以愚忠回报了。

仁宗御飞白记

　　治平四年夏五月，余将赴亳[①]，假道于汝阴[②]，因得阅书于子履[③]之室。而云章烂然，辉映日月，为之正冠肃容，再拜而后敢仰视，盖仁宗皇帝之御飞白也。曰："此宝文阁之所藏也，胡为于子之室乎?"子履曰："曩者，天子宴从臣于群玉而赐以飞白，余幸得与赐焉。予穷于世久矣，少不悦于时人，流离窜斥，十有余年。而得不老死江湖之上者，盖以遭时清明，天子向学，乐育天下之材而不遗一介之贱，使得与群贤并游于儒学之馆。而天下无事，岁时丰登，民物安乐，天子优游清闲，不迩声色，方与群臣从容于翰墨之娱。而余于斯时，窃获此赐，非惟一介之臣之荣遇，亦朝廷一时之盛事也。子其为我志之。"余曰："仁宗之德泽涵濡于万物者，四十余年，虽田夫野老之无知，犹能悲歌思慕于垅亩之间，而况儒臣学士，得望清光、蒙恩宠、登金门而上玉堂者乎?"于是相与泫然流涕而书之。

夫玉韫石而珠藏渊，其光气常见于外也。故山辉如白虹、水变而五色者，至宝之所在也。今赐书之藏于子室也，吾知将有望气者，言荣光起而属天者，必赐书之所在也。

观文殿学士、刑部尚书欧阳修谨记。

【注释】

①亳：今安徽省亳州市。治平四年（1067），欧阳修除观文殿学士，转刑部尚书，知亳州。

②汝阴：治所在今安徽阜阳。

③子履：陆经，字子履，越州（治今浙江绍兴）人。仁宗朝，官至集贤殿修撰。与欧阳修交往密切，平生备受欧阳修赏识。

【赏读】

此文是欧阳修受好友陆经之托，为宋仁宗的飞白书写的一篇跋记性质的志文。内容很简单，大体讲的是欧阳修路过汝阴，拜访了好友陆经，在陆的书房里，他看到了一幅宋仁宗的飞白书法作品。看到先帝遗迹，二人不免陷入追思仁宗德泽万物、创造四十余年太平盛世的慨叹之中。

宋代皇帝多有文才，他们于书法造诣方面尤高，且似乎有家学传承精神。从现存墨迹看，宋太宗、真宗、仁宗、徽宗、高宗、理宗等人的书法都极为精妙。宋仁宗临过王羲之的《兰亭序》，历来备受书法家的追捧。欧阳修曾说："仁宗万机之暇，无所玩好，惟亲翰墨，而飞白尤为神妙。"挂在陆经书房里的这幅就是飞白体，想必其轻重徐疾、挥洒自如，丝丝露白的酣畅笔意，尽显仁宗书法的飘逸灵秀。

事实上，欧阳修欣然替陆经写下这篇跋记，是有深层含义的。陆经少年随母亲嫁入陈家，被迫改姓陈，此即他所说的"少不悦于时人，流离窜斥"，后来总算步入仕途，却又蹉跎了几十年，只能沉沦下僚。欧阳修对陆经的人生经历非常了解，他惋惜陆的才干，为他郁郁不得志而颇感不平，同时，也坚信陆经未来一定会实现平生的宏图远志。因而，在这篇文章的末尾，欧阳修说："今赐书之藏于子室也，吾知将有望气者。"就是鼓励陆经坚信皇帝的赐书必能带来不可思议的荣光，而他只是暂时仕途失意，他就好比石中蕴含的宝玉、深渊里沉潜的珍珠，迟早有一天会被人发现、欣赏的。

记《旧本韩文》^①后

予少家汉东^②。汉东僻陋，无学者；吾家又贫，无藏书。州南有大姓李氏者，其子尧辅颇好学。予为儿童时，多游其家，见有弊筐贮故书在壁间，发而视之，得唐《昌黎先生文集》六卷，脱落颠倒无次序。因乞李氏以归，读之，见其言深厚而雄博。然予犹少，未能悉究其义，徒见其浩然无涯，若可爱。

是时，天下学者杨、刘之作^③，号为时文，能者取科第，擅名声，以夸荣当世，未尝有道韩文者。予亦方举进士，以礼部诗赋为事。年十有七，试于州，为有司所黜。因取所藏韩氏之文复阅之，则喟然叹曰：学者当至于是而止尔！因怪时人之不道，而顾己亦未暇学，徒时时独念于予心，以谓方从进士干禄以养亲，苟得禄矣，当尽力于斯文，以偿其素志。

后七年，举进士及第，官于洛阳。而尹师鲁之徒皆在，遂相与作为古文。因出所藏《昌黎集》而补缀之，求人家所有旧本而校定之。其后天下学者亦渐趋于古，而韩文遂行于世。至于今，盖三十余年矣，学者非韩不学也，可谓盛矣。

呜呼！道固有行于远而止于近，有忽于往而贵于今者，非惟世俗好恶之使然，亦其理有当然者。而孔、孟惶惶于一时，而师法于千万世。韩氏之文，没而不见者二百年，而后大施于今。此又非特好恶之所上下，盖其久而愈明，不可磨灭，虽蔽于暂而终耀于无穷者，其道当然也。

予之始得于韩也，当其沉没弃废之时。予固知其不足以追时好而取势利，于是就而学之。则予之所为者，岂所以急名誉而干势利之用哉？亦志乎久而已矣。故予之仕，于进不为喜、退不为惧者，盖其志先定而所学者宜然也。

集本出于蜀④，文字刻画颇精于今世俗本，而脱缪尤多。凡三十年间，闻人有善本者，必求而改正之。其最后卷帙不足，今不复补者，重增其故也。予家藏书万卷，独《昌黎先生集》为旧物也。呜呼！韩氏之文、之道，万世所共尊，天下所共传而有也。予于此本，特以其旧物而尤惜之。

【注释】

①《旧本韩文》：即《昌黎先生文集》。唐代古文运动倡导者韩愈的文集，是其弟子李汉编集的。

②汉东：汉水以东，曾置汉东郡，宋随州（治今湖北随州）汉东郡。

③杨、刘之作：杨亿、刘筠的作品，风格华靡，是科举考试推举的官样文章，号称"时文"。

④集本出于蜀：蜀，今四川地区。由于这里社会安定，经济、文化比较繁荣，所以引来一些文人的趋往依附，刊刻了一些书籍。

【赏读】

人一生喜好何物，必须以志趣相投为前提。欧阳修于韩愈的散文，可谓一见倾心。推其原因，就是缘于他积极入世的儒家思想与个人耿直刚正的品性，暗合了老前辈韩愈的做人、作文的理念。因而，他才能在年龄尚小时，虽"未能悉究其义"，但仍觉得"其浩然无涯，若可爱"。

人们往往初获挚爱时，有表达喜悦的冲动，待到时间久了，反倒会审美疲劳，觉得索然了。不过，欧阳修这篇文章却并不是少年初得韩集的时候写的，而是在他历经几十年的校勘生涯之后，大约在宋英宗治平年间完成的，此时的欧阳修，已是垂垂老者。这持续几十年的爱，才是真爱、大爱。

本文的最大特点是以小寓大。作者以自己得韩集、读韩文和写作古文的亲身经历为线索，以点带面，向我们勾勒出北宋中期的社会文风，由追捧骈偶浮华的"时文"、韩集无人问津，转而为"学者非韩不学"、韩文大行于世的过程。事实上，这就是浓缩版的宋代古文运动的进展史，从这一点说，此文的寓意极为深刻。

韩愈之文、之道，万世推尊，欧阳修于其中功不可没。他少年时代仰慕韩文，但受科举"时文"的制约，不得已练习写作"时文"，这都是迫于生计而为之的。一旦考中进士，能够得禄养亲，他便毫不犹豫地着手学习韩文，而且还组成了一个志同道合的古文写作小团体，共同反对时文，倡导古文运动。最为重要的是，欧阳修还曾利用自己礼部主考官的职务之便，强行使用行政手段力黜时文，推尊韩文。三十年过去了，宋代文坛终于形成了"非韩不学"的盛况，欧阳修作为当时的文坛领袖，他对这样的成绩感到欣慰。毫无疑问，这确实是欧阳修给中国文学做出的巨大贡献。

写这篇书跋时，欧阳修早就不是那个买不起书的穷小子了，早已家藏万卷。但是，对于这套旧本韩集，欧阳修不仅不嫌弃，甚至还愿意几十年如一日地费周折，尽心尽力参照其他版本来校订。原因其实很简单，因为这套书里，承载着他所认同的文、道理念，含蕴着他三十年学文与作文的心路历程，此中深意，绝非其他善本所能有的。故而，欧阳修说"以其旧物而尤惜之"。

砚谱

端石①出端溪，色理莹润，本以子石为上。子石者，在大石中生，盖精石也，而流俗传讹，遂以紫石为上。又以贮水不耗为佳。有鸲鹆②眼为贵。眼，石病也，然惟此岩石则有之。端石非徒重于流俗，官司岁以为贡，亦在他砚上。然十无一二发墨者，但充玩好而已。歙石③出于龙尾溪，其石坚劲，大抵多发墨，故前世多用之。以金星为贵，其石理微粗，以手摩之，索索有锋芒者尤佳。余少时又得金坑矿石，尤坚而发墨，然世亦罕有。端溪以北岩为上，龙尾以深溪为上。较其优劣，龙尾远出端溪上，而端溪以后出见贵尔。

绛州④角石者，其色如白牛角，其文有花浪，与牛角无异。然顽滑不发墨，世人但以研丹尔。

归州⑤大沲石，其色青黑斑斑，其文理微粗，亦颇发墨。归峡人谓江水为沲，盖江水中石也。砚止用于川峡，人世未尝有。余为夷陵县令时，尝得一枚，聊记以广闻尔。

青州⑥紫金石，文理粗，亦不发墨，惟京东人用之。又有铁砚，制作颇精，然患其不发墨，往往函端石于其中，人亦罕用。惟研筒便于提携，官曹往往持之以自从尔。

红丝石砚者，君谟赠余，云此青州石也，得之唐彦猷。云须饮以水使足乃可用，不然渴燥，彦猷甚奇此砚，以为发墨不减端石。君谟又言，端石莹润，惟有芒者尤发墨，歙石多芒，惟腻理者特佳，盖物之奇者必异其类也。此言与余特异，故并记之。

青州、潍州⑦石末研，皆瓦砚也。其善发墨非石砚之比，然稍粗者损笔锋。石末本用潍水石，前世已记之，故唐人惟称潍州。今二州所作皆佳，而青州尤擅名于世矣。

相州⑧古瓦诚佳，然少真者，盖真瓦朽腐不可用，世俗尚其名尔。今人乃以澄泥如古瓦状作瓦埋土中，久而斫以为砚。然不必真古瓦，自是凡瓦皆发墨，优于石尔。今见官府典吏以破盆瓮片研墨，作文书尤快也。

虢州⑨澄泥，唐人品砚以为第一，而今人罕用矣。《文房四谱》有造瓦砚法，人罕知其妙。向时有著作佐郎刘羲叟者，尝如其法造之，绝佳。砚作未多，士大夫家未甚有，而羲叟物故，独余尝得其二，一以赠刘原父，一余置中书阁中，尤以为宝也。今士大夫不学书，故罕事笔砚，砚之见于时者惟此尔。

【注释】

①端石：即产于今广东肇庆端溪之石，唐、宋以来皆作砚材。

②鸲鹆（qú yù）：俗称八哥。

③歙石：因产自安徽南部的古歙州，故名。

④绛州：今山西省运城市。

⑤归州：今湖北宜昌市秭归县。

⑥青州：今山东省青州市。

⑦潍州：今山东省潍坊市。

⑧相州：今河南省安阳市。

⑨虢州：今河南省灵宝市。

【赏读】

笔墨纸砚，因其为文房必备之物，故而，文人们往往有赏玩与收藏其中珍稀品类的雅好。欧阳修一生沉迷书法练字，他对文房四宝都深有体悟和研究。在这篇文章里，他专门为我们介绍了宋代十种著名砚台。其中，石砚六种：端砚、歙砚、绛州角石砚、归州大沱石砚、青州紫金石砚、红丝石砚；人工陶泥砚三种：青州和潍州的瓦砚、相州的古瓦砚、虢州澄泥砚；金属砚一种：青州铁砚。这十种砚台里，归州大沱石砚和虢州澄泥砚是世人罕有的，欧阳修因个人有收藏，故而对这两种砚台有独到的见地。青州红丝石砚是蔡君谟赠予欧阳修的，蔡氏乃一代书法大家，他用此砚有独特体会，这令欧阳修感到十分新奇，他将蔡氏所言，全部记录了下来。

　　概括而言，欧阳修品鉴砚台的优劣，标准有三：石色、纹理和发墨性能。石色关系到日常清赏的感观；纹理即砚石的质地粗细，直接关系笔锋的耗损；发墨性能，实则是考察研墨速度快慢的问题。古人没有今天现成的墨汁可用，要写字，就必须自己研墨取汁，所以发墨快的砚台，自然受人青睐。由以上几方面标准看，欧阳修认为人工石末砚的发墨性能均优于石砚。其中，虢州澄泥砚，"唐人品砚以为第一"，欧阳修甚以为是。纹理方面，欧阳修说：端石莹润、歙石微粗、绛州角石顽滑、归州大沱石也微粗、青州紫金石纹理粗、青州和潍州的瓦砚纹理也较粗。色泽上看，端砚莹润，尤以紫石为上；歙砚以金星为贵；绛州角石砚色如白牛角；归州大沱石砚有青黑色纹理。比较起来，欧阳修认为端砚最漂亮，所谓"十无一二发墨者，但充玩好而已"，说的就是端砚的实用价值很低，只是因形色俱美，成为文人赏玩的佳品。

　　能将中国各地出产的名砚一一列举出来，从产地、色泽，到纹理、发墨性能，再到前人以及时人的评价，欧阳修全都娓娓道来，慢条斯理又言简意赅。欧阳修，这位金石大家的知识阅历，着实令人钦佩不已。爱一物，诚应如此钻研。

南唐砚

某此一砚，用之二十年矣。当南唐有国时，于歙州[1]置砚务，选工之善者，命以九品之服，月有俸廪之给，号砚务官，岁为官造砚有数。其砚四方而平浅者，南唐官砚也。其石尤精，制作亦不类今工之侈窳[2]。此砚得自今王舍人原叔[3]。原叔家不识为佳砚也，儿子辈弃置之。予始得之，亦不知为南唐物也。有江南人年老者见之，凄然曰："此故国之物也。"因具道其所以然，遂始宝惜之。其贬夷陵也，折其一角。

【注释】

①歙（shè）州：即今安徽徽州。宋徽宗宣和三年（1121），改歙州为徽州。

②侈窳（yǔ）：粗劣不精。

③王舍人原叔：王原叔，官中书舍人，北宋著名藏书家、藏墨家。

【赏读】

在中国的书斋文化里，砚台一直是不可或缺的。它虽然看似平常无奇，但却有着不离不弃的毅力——陪伴着主人度过无数个青灯苦读的夜晚。这小小的一方石块，能源源不断地滋养主人的文思，成就了一篇篇千古佳作。因而，一方砚台，就如同一位翰墨朋友，深得文人雅士的喜爱。本文就是一篇关于欧阳修收藏砚台的故事。

欧阳修出了名地喜欢砚台，他不仅家中藏有好几方名砚，自己还曾经下功夫仔细研究过中原各地出产的砚台，能如数家珍地点评各种著名砚台的制作工艺以及特性。从某种程度上讲，说欧阳修是砚台鉴赏专家，毫不为过。但有意思的是，行家也有知识上的缺漏。欧阳修早年曾从王原叔的子弟手中得来一块石砚，因为觉得它方正、古朴，没有恶俗的雕工，十分符合作者本人温厚内敛的性情。故而，二十年来，作者虽几度南北迁谪漂泊，但却始终将此砚带在身边，置于案头。然而，正是这样一方伴随自己二十年的砚台，欧阳修竟不知其来历，甚至不知其名！后来还是机缘巧合之下，从一位江南老者处得知这是一方南唐官砚。

这让作者感慨万千，要知道欧阳修有着很浓厚的南唐情结。他祖上几代人都是南唐高官，偏安一隅的南唐小国，给了欧阳家族几代人无限的荣耀与富足的生活。如今眼见老者凄怆之色，抚摸着这方历经沧桑的砚台，遥想祖辈的奋斗历程，欧阳修情不自禁地想到了南唐后主李煜。这位才子君王，能文、善书、精于鉴赏、博通古今。他痴迷文学艺术，在其不懈地推动下，笔墨纸砚的制造技术都有长足进步，南唐的澄心堂纸、李廷珪墨、龙尾石砚……历来都是脍炙人口的珍品。但作为皇帝来讲，这些都是不务正业之举，试想天下哪有给制砚工匠封官给俸的呢？正是李后主的艺术偏执，成就了江南制砚的最高水平。然而，政治毕竟是残酷的，李煜在政治上无作为，最终导致其人生败得一塌糊涂——国破家亡，妻子被宋太宗霸占，自己也惨遭毒害。

想当初欧阳修在不经意间收来的一方石砚，竟是南唐官造之物，实在是太出乎他的意料了。冥冥之中，这真好似南唐故国跟他们欧阳家族开了个玩笑，也着实令欧阳修嗟叹不已。他睹物思人，故老们感念李后主的种种善政，现世文人雅士们争求南唐文化旧物的癖好，哲人们对后主悲剧人生的各种反思，等等，一下子都涌上欧阳修的心头。一方小小的砚台，承载了这么厚重的文化内涵，又怎能不让作者"宝惜之"呢？

题青州山斋

吾常喜诵常建①诗云："竹径通幽处，禅房花木深。"欲效其语作一联，久不可得，乃知造意者为难工也。晚②来青州，始得山斋宴息，因谓不意平生想见而不能道以言者，乃为己有。于是益欲希其仿佛，竟而莫获一言。夫前人为开其端，而物景又在其目，然不得自称其怀，岂人才有限而不可强？将吾老矣，文思之衰邪？兹为终身之恨尔！

熙宁庚戌③仲夏月④望日⑤题。

【注释】

①常建：唐代诗人，诗风隐逸悠闲，曾作《题破山寺后禅院》："清晨入古寺，初日照高林。曲径通幽处，禅房花木深。山光悦鸟性，潭影空人心。万籁此都寂，但余钟磬音。"

②晚：晚年。欧阳修知青州，时在宋神宗熙宁元年（1068），当时他已经六十二岁了。

③熙宁庚戌：此指熙宁三年，即公元 1070 年。

④仲夏月：夏季分三个月，即孟、仲、季。

⑤望日：古人把每月十五日称为望日。

【赏读】

人生总有遗憾。"一代文宗"欧阳修竟然也在作诗方面有烦恼和遗憾，这不能不让我们觉得惊讶。

原来，欧阳修非常喜欢唐代诗人常建"曲径通幽处，禅房花木深"这两句诗，并一直想依其意境自创一联，却始终不可得。到了晚年，欧阳修出知青州，官舍周遭物景，恰似常建诗中境界，但是，欧阳修仍旧不能"得前人所未道"的佳句。于是，他便慨叹是自己老了，"文思之衰"。

这篇小文是欧阳修在讲自己的诗歌创作体会。事实上，常建那两句诗并非不可企及，欧阳修也不是老朽到写不出两句诗的程度。只是他想"意新语工"、绝不雷同前人，确是很难的，但这也正可看出欧阳修对创作要求的严格。"一代文宗"在文学创作之路上的追求，是没有止境的。

六一居士传

　　六一居士初谪滁山①，自号醉翁。既老而衰且病，将退休于颍水之上②，则又更号六一居士。

　　客有问曰："六一，何谓也?"居士曰："吾家藏书一万卷，集录三代以来金石遗文一千卷，有琴一张，有棋一局，而常置酒一壶。"客曰："是为五一尔，奈何?"居士曰："以吾一翁，老于此五物之间，是岂不为六一乎?"客笑曰："子欲逃名者乎，而屡易其号，此庄生所诮畏影而走乎日中③者也。余将见子疾走大喘渴死，而名不得逃也。"居士曰："吾固知名之不可逃，然亦知夫不必逃也。吾为此名，聊以志吾之乐尔。"客曰："其乐如何?"居士曰："吾之乐可胜道哉! 方其得意于五物也，太山在前而不见，疾雷破柱而不惊。虽响九奏④于洞庭之野，阅大战于涿鹿之原⑤，未足喻其乐且适也。然常患不得极吾乐于其间者，世事之为吾累者众也。其大者有二焉，轩裳珪组⑥劳吾形于外，忧患思虑劳吾心于内，使吾形不病而已悴，心未老而先衰，尚何暇于五物哉？虽然，吾自乞其身于朝者三年矣。一日天子恻然哀之，赐其骸骨[7]，使得与此五物偕返于田庐，庶几偿其夙愿焉。此吾之所以志也。"客复笑曰："子知轩裳珪组之累其形，而不知五物之累其心乎？"居士曰："不然。累于彼者已劳矣，又多忧；累于此者既佚矣，幸无患。吾其何择哉。"于是与客俱起，握手大笑曰："置之，区区不足较也。"

已而叹曰："夫士少而仕，老而休，盖有不待七十者矣。吾素慕之，宜去一也。吾尝用于时矣，而讫无称焉，宜去二也。壮犹如此，今既老且病矣，乃以难强之筋骸，贪过分之荣禄，是将违其素志而自食其言，宜去三也。吾负[8]三宜去，虽无五物，其去宜矣，复何道哉！"

熙宁三年九月七日，六一居士自传。

【注释】

①初谪滁山：庆历六年（1046），欧阳修贬为滁州知州。

②颍水之上：熙宁元年（1068），欧阳修在颍州（治所在今安徽阜阳市）修建房屋，准备退休后居住于此。

③畏影而走乎日中：害怕有影子却反倒走在太阳底

下。语出《庄子·渔父》，其中有："人有畏影恶迹而去之走者，举足愈数而迹愈多，走愈疾而影不离身。自以为尚迟，疾走不休，绝力而死。不知处阴以休影，处静以息迹，愚亦甚矣。"

④九奏：即九韶，虞舜时的音乐。《庄子·至乐》中有"咸池九韶之乐，张之洞庭之野"。

⑤阪大战于涿鹿之原：据《史记·五帝本纪》记载，黄帝大战蚩尤于涿鹿之野，并将其擒杀。

⑥轩裳珪组：分别指古代官员的车马、服饰、手执的玉板和佩戴的印绶。

⑦赐其骸骨：皇帝同意其退休。古代官员自请退职称作乞骸骨。

⑧负：具有。

【赏读】

这是一篇抒情散文，作于欧阳修出任蔡州知州期间。此时，欧阳修已六十四岁，他把整整四十年全部奉献给了王朝事业，如今"既老而衰且病"，蜡泪将干，他想退休了。全文笔调疏淡，情味真挚，意境堪比陶渊明的《五柳先生传》，但在谋篇布局和哲理韵味上，则更胜一筹。

本文构思非常别致，采用了汉赋主客问答的形式。

先由客问"六一"所指，引出作者欲以自身一老翁，陶醉于读书、集古、弹琴、弈棋、饮酒五物之中，来巧妙作答。当客继续追究"轩裳珪组"与"五物"皆是人间之累，为何非要取后者时，作者直言不讳，前者令人既劳且忧，而后者只有逸乐，并极言这五物之乐是"太山在前而不见，疾雷破柱而不惊"的专注忘情之乐。不过，这"六一"之乐，却不是文章的主旨，作者只是想通过表达对方外事物的向往，引出他向客感叹"三宜去"的决心。"六一"之乐是铺垫，"三宜去"才是文章结穴。作者不厌其烦地写"六一"之乐，意在说服皇帝，期待得到皇帝的理解和同情，进而"恻然哀之，赐其骸骨"。通观全文，一问一答的形式，既化解了独白抒情的板滞沉闷，又使文情起伏多姿，轻松推进。

　　另外，本文的哲思韵味也有独到之处。文章借客之口，引《庄子·渔父》篇，说出"名不可逃"的道理。但其实，《庄子·渔父》里还有两句话，作者没有明说，而读过《庄子》的人都知道的，就是"处阴以休影，处静以息迹"。这是文章的弦外之音，作者是想让读者自己联想出他欲"处阴""处静"，离开众人视线，辞官归田的意图。多么含蓄、耐人寻味的表述！而比这更具深味的还有文中所谓的"六一"，其实是"五物"加"一人"，用苏轼的话说，是"其身均与五物为一也"（《书

〈六一居士传〉后》)。那么，到底是物归其人，还是人没于物呢？细细品来，这里实际暗含着"齐物我""物我两忘"的大境界。苏轼是最早体会出欧阳公的言外之意的人，因而，他会说："与五为六，居士不可见也。"是的，欧阳修是要大隐了。

所谓"人贵直、文贵曲"，欧阳修一生为人刚直，为文纡徐委婉，本文便是典型。可叹的是，他写完这篇文章差不多一年，宋神宗才准其致仕。熙宁四年（1071）七月，欧阳修退居颍上，但他仅仅享受了一年的"六一"之乐，便在熙宁五年（1072）闰七月，去世了。我们以后事证前言，再读《六一居士传》，就更加为这位老人谢幕前的真挚之言而恻然动容了。

卷三 友义亲情 诚挚心意存尺牍

然伊之流最清浅，水濺濺鸣石间。

剌舟随波，可为浮泛；

钓鲂揭鳖，可供膳羞。

送陈经秀才序

伊出陆浑①，略国南②，绝山而下，东以会河。山③夹水东西，北直国门，当双阙。隋炀帝初营宫洛阳，登邙山④南望，曰："此岂非龙门邪！"世因谓之"龙门"，非《禹贡》所谓导河自积石而号龙门者也。然山形中断，岩崖缺砑，若断若镞⑤。当禹之治水九州，披山斩木，遍行天下，凡水之破山而出之者，皆禹凿之，岂必龙门？

然伊之流最清浅，水溅溅鸣石间。刺舟随波，可为浮泛；钓鲂撅鳖⑥，可供膳羞⑦。山两麓浸流，中无岩崭颓怪盘绝之险，而可以登高顾望。自长夏而往，才十八里，可以朝游而暮归。故人之游此者，欣然得山水之乐，而未尝有筋骸之劳，虽数至不厌也。

然洛阳西都，来此者多达官尊重，不可辄轻出。幸时一往，则驺奴从骑⑧，吏属遮道，唱呵后先，前候旁扶，登览未周、意已怠矣。故非有激流上下，与鱼鸟相傲然徒倚之适也。然能得此者，惟卑且闲者宜之。

　　修为从事，子聪⑨参军，应之⑩主县簿，秀才陈生旅游，皆卑且闲者，因相与期于兹。夜宿西峰，步月松林间，登山上方，路穷而返。明日，上香山石楼，听八节滩，晚泛舟，傍山足夷犹而下，赋诗饮酒，暮已归。后三日，陈生告予且西。予方得生，喜与之游也，又遽去，因书其所以游以赠其行。

【注释】

　　①陆浑：古县名，在河南嵩县北，伊水发源于此。

　　②略国南：经过洛阳南。略，经过。国，这里指洛阳，古代习惯把诸侯国的都城称作国。

　　③山：龙门山，在洛阳南，如同东西两扇门夹伊水，远望过去，就像洛阳城前的两座阙楼。

　　④邙（máng）山：即北邙山，在洛阳北部。

　　⑤镵（chán）：古代铁制的刨土工具。

　　⑥钓鲂（fáng）撠（chuò）鳖：钓鱼捉鳖。鲂，淡水鱼，形似鳊鱼而较宽。撠，戳，刺。

　　⑦膳羞：滋味美好的食物。羞，通"馐"。

　　⑧驺（zōu）奴从骑：古代贵族的骑马侍从。

　　⑨子聪：杨愈，字子聪，时任河南府户曹参军。

　　⑩应之：张谷，字应之，时任河南县主簿。

【赏读】

不同于明清之时，只以府县生员为"秀才"。陈经当时应该是游学洛阳，与欧阳修等人同游龙门山而相结识的，在临别之际，欧阳修作此文以赠。

然而，这篇文章乍读起来，却让人觉得这不像是通常意义上的赠别文章，而是非常像一篇山水游记。文章着重记述山水之乐，并且不无庆幸地说只有像自己这样"卑且闲者"，才能尽得山水之乐。而那些"达官尊重"，往往"驺奴从骑，吏属遮道，唱呵后先，前傧旁扶，登览未周、意已怠矣"，是不能尽享此中之乐的。

由内容上推测，本文应该是应酬之作。想必欧阳修当时出于两方面考虑：一则他对陈经其人了解得不深，因而不便着墨；再则，自己初入仕途，资历尚浅，遇有人求赠，不好推辞，故而应酬此文。全文明显是避重就轻，只详细记述了作者印象最深的名山胜水和愉快的游乐经历，而不谈这位刚相识便要离去的陈经秀才。

实际生活中，我们都不免遇到勉为其难的尴尬情况，有人可能干脆推辞掉，有人可能会言不由衷地说溢美之词，还有人可能就是言不达意、不知所云了……总之，哪种情况都不理想。莫不如像欧阳修这样，心中有原则，笔下有选择，既不假意逢迎，又不失礼节，此诚为两全之计。

与高司谏书

　　修顿首再拜，白司谏足下[①]：某年十七时，家随州[②]，见天圣二年进士及第榜，始识足下姓名。是时予年少，未与人接，又居远方，但闻今宋舍人兄弟[③]，与叶道卿、郑天休[④]数人者，以文学大有名，号称得人。而足下厕其间，独无卓卓可道说者，予固疑足下不知何如人也。

　　其后更十一年，予再至京师。足下已为御史里行，然犹未暇一识足下之面，但时时于予友尹师鲁问足下之贤否。而师鲁说足下正直有学问，君子人也。予犹疑之。夫正直者，不可屈曲；有学问者，必能辨是非。以不可屈之节，有能辨是非之明，又为言事之官，而俯仰默默，无异众人，是果贤者耶？此不得使予之不疑也。

　　自足下为谏官来，始得相识。侃然正色，论前世事，历历可听，褒贬是非，无一谬说。噫！持此辩以示人，孰不爱之？虽予亦疑足下真君子也！

是予自闻足下之名及相识，凡十有四年，而三疑之。今者，推其实迹而较之，然后决知足下非君子也！

前日范希文贬官后，与足下相见于安道⑤家，足下诋诮希文为人。予始闻之，疑是戏言；及见师鲁，亦说足下深非希文所为，然后其疑遂决。希文平生刚正、好学、通古今，其立朝有本末，天下所共知。今又以言事触宰相得罪。足下既不能为辨其非辜，又畏有识者之责己，遂随而诋之，以为当黜。是可怪也。

夫人之性，刚果懦软，禀之于天，不可勉强。虽圣人亦不以不能责人之必能。今足下家有老母，身惜官位，惧饥寒而顾利禄，不敢一忤宰相以近刑祸，此乃庸人之常情，不过作一不才谏官尔。虽朝廷君子，亦将闵足下之不能，而不责以必能也。今乃不然，反昂然自得，了无愧畏，便毁其贤以为当黜，庶乎饰己不言之过。夫力所不敢为，乃愚者之不逮；以智文其过，此君子之贼也。

且希文果不贤邪？自三四年来，从大理寺丞至前行员外郎，作待制日，日备顾问，今班行中无与比者。是天子骤用不贤之人？夫使天子待不贤以为贤，是聪明有所未尽。足下身为司谏，乃耳目之官⑥，当其骤用时，何不一为天子辨其不贤，反默默无一语，待其自败，然后随而非之？若果贤邪，则今日天子与宰相以

忤意逐贤人，足下不得不言。是则足下以希文为贤，
亦不免责；以为不贤，亦不免责。大抵罪在默默尔。

昔汉杀萧望之[⑦]与王章[⑧]，计其当时之议，必不肯
明言杀贤者也。必以石显、王凤为忠臣，望之与章为
不贤而被罪也。今足下视石显、王凤果忠邪？望之与
章果不贤邪？当时亦有谏臣，必不肯自言畏祸而不谏，
亦必曰当诛而不足谏也。今足下视之，果当诛邪？是
直可欺当时之人，而不可欺后世也。今足下又欲欺今
人，而不惧后世之不可欺邪？况今之人未可欺也。

伏以今皇帝即位已来，进用谏臣，容纳言论，如
曹修古、刘越[⑨]，虽殁犹被褒称。今希文与孔道辅[⑩]皆
自谏诤擢用。足下幸生此时，遇纳谏之圣主如此，犹
不敢一言，何也？前日又闻御史台榜朝堂，戒百官不
得越职言事，是可言者惟谏臣尔。若足下又遂不言，
是天下无得言者也。足下在其位而不言，便当去之，
无妨他人之堪其任者也。

昨日安道贬官，师鲁待罪，足下犹能以面目见士
大夫，出入朝中称谏官，是足下不复知人间有羞耻事
尔！所可惜者，圣朝有事，谏官不言，而使他人言之。
书在史册，他日为朝廷羞者，足下也。《春秋》之法，
责贤者备[⑪]。今某区区犹望足下之能一言者，不忍便绝
足下，而不以贤者责也。若犹以谓希文不贤而当逐，

则予今所言如此，乃是朋邪之人尔。愿足下直携此书于朝，使正予罪而诛之，使天下皆释然知希文之当逐，亦谏臣之一效也。

前日足下在安道家，召予往论希文之事，时坐有他客，不能尽所怀，故辄布⑫区区，伏惟幸察，不宣⑬。修再拜。

【注释】

①足下：古代书信中对同辈的敬称。

②随州：州治在湖北随州。欧阳修四岁丧父，随母亲投奔叔父欧阳晔，时欧阳晔任随州推官，故称家在随州。

③宋舍人兄弟：宋庠、宋祁兄弟。

④叶道卿、郑天休：即叶清臣、郑戬。叶清臣，字道卿，长洲（今江苏苏州）人。郑戬，字天休，吴县（今江苏苏州）人。

⑤安道：余靖（1000~1064），字安道，韶州曲江（今广东韶关）人。天圣二年（1024）举进士。历官集贤校理、右正言，知制诰、史馆修撰、桂州知府、集贤院学士等，以尚书左丞知广州，卒谥襄。

⑥耳目之官：谏官负责纠察官吏行为是否恰当，属于皇帝的耳目。

⑦萧望之：汉宣帝时任太子太傅。反对宦官弘恭、

石显为中书令，汉元帝即位，弘恭、石显便诬陷萧望之，下狱后，萧望之自杀。

⑧王章：汉元帝时任左曹中郎将，也是因为反对石显被罢官。成帝即位，王章任京兆令，当时外戚王凤专权，王章上书言王凤不可任用，由是被诬告下狱，死于狱中。

⑨曹修古、刘越：曹修古，曾任监察御史，《宋史本传》称他"立朝慷慨有风节，当太后临朝，权幸用事，人人顾望畏忌，而修古遇事辄言，无所回挠"。仁宗亲政后，曹修古已死，"帝思修古忠，特赠右谏议大夫"。刘越，曾任秘书丞，与滕子京同时劝谏章献太后还政，仁宗亲政后，刘越已死，赠官右司谏。

⑩孔道辅：曾任御史中丞，明道二年（1033），宋仁宗废郭皇后，孔道辅与范仲淹等入宫谏阻，并和吕夷简激烈辩论，遭到贬黜。

⑪《春秋》之法，责贤者备：孔子作《春秋》，对贤者要求很高，责难也很多。备，完备无缺失。

⑫辄布：直抒胸臆写下这几句话。辄，特别。布，表达、陈述。

⑬不宣：古代书信结尾的套话，意思是言不尽意。

【赏读】

景祐三年（1036），范仲淹上《百官图》，指责宰相吕夷简任人唯亲，触怒了吕氏集团。吕夷简由此攻击范仲淹"越职言事，离间君臣"，并以辞官相要挟。最后，宋仁宗的态度倾向了吕夷简，贬范仲淹为饶州知州，余靖、尹洙等人论救，亦皆落职遭贬。就在双方怒气未消之际，左司谏高若讷竟然在余靖家里诋毁范仲淹的道德人品，甚至说范仲淹此番遭贬是咎由自取。这让欧阳修忍无可忍，于是，他写了这封义正词严的信。

　　文章开篇使用了欲擒故纵法。前三段提出了三"疑"：首先，作者因不曾与高若讷谋面，而"疑足下不知何如人也"；接着，感到高氏身为"言事之官"，却"俯仰默默，无异众人"，不禁疑惑其"果贤者耶"；最后，提到高氏"论前世事，历历可听，褒贬是非，无一谬说"，这样"侃然正色"的君子状，又似乎让作者真的怀疑高君就是"真君子"了。不过，事实上，这三"疑"都是作者在做铺垫，他是在给读者描画一个伪君子的外在特征。果然，到了第四段，作者话锋一转，说道："推其实迹而较之，然后决知足下非君子也！"这样由表及里、步步推进的写法，让人读起来饶有兴味。

　　接下来，欧阳修便在嬉笑怒骂中层层剥去高若讷的伪装。作者先讽刺高氏"身惜官位，惧饥寒而顾利禄，不敢一忤宰相以近刑祸，此乃庸人之常情"。然后，进一步怒斥其"饰己不言之过"，"反昂然自得，了无愧畏"，这实际是"以智文其过，此君子之贼也"。注意，在这里，欧阳修已经把高若讷从"非君子"定义为"君子之贼"了。话说到这里，他还意犹未尽，又进一步极言竭论地指出，如果范仲淹不贤，那么三四年前，皇帝骤然重用范仲淹时，身在谏职的高某人，为何不去谏阻？既然当初不言，就表明是赞赏范仲淹贤能的，那么，现在仁宗贬斥范仲淹，你高某人就该挺身而出，劝谏皇帝，可你这一次又默默无语。由此作者得出结论，高若讷是"罪在默默尔"！末了，欧阳修还不忘嘲讽高氏"足下在其位而不言，便当去之，无妨他人之堪其任者也"，这简直就是撵其下台一样的话了。此番议论，鞭辟入里，左右逢源，将高若讷表里不一、文过饰非、自私自利的恶劣本质，全都揭露出来了。

可以想见，高若讷看到此信后，是多么老羞成怒。他第二天就把这封信上报给朝廷，指控若天下人知道欧阳修此举，会"谓天子以廷逐贤人，所损不细"，欧阳修因此坐贬夷陵令。

我们知道，欧阳修一生推重韩愈散文，他虽然师法韩文，但却自成意趣，与韩氏门径各异。韩文雄直奔放，欧文纡徐含蓄。不过，本文风格极为近似韩愈文风，理盛词严、犀利泼辣，是欧阳修文集中少见的"直笔"文章。

与尹师鲁书

某顿首，师鲁十二兄书记。前在京师相别时，约使人如河上。既受命，便遣白头奴①出城，而还言不见舟矣。其夕，及得师鲁手简，乃知留船以待，怪不如约。方悟此奴懒去而见绐②。

临行，台吏催苛百端，不比催师鲁人长者有礼，使人惶迫不知所为。是以又不留下书在京师，但深托君贶③因书道修意以西。始谋陆赴夷陵，以大暑，又无马，乃作此行。沿汴绝淮，泛大江，凡五千里，用一百一十程，才至荆南。在路无附书处，不知君贶曾作书道修意否？

及来此问荆人，云去郢止两程，方喜得作书以奉问。又见家兄，言有人见师鲁过襄州④，计今在郢久矣。师鲁欢戚不问可知，所渴欲问者，别后安否？及家人处之如何，莫苦相尤否？六郎旧疾平否？

修行虽久，然江湖皆昔所游，往往有亲旧留连，又不遇恶风水。老母用术者言，果以此行为幸。又闻夷陵有米、面、鱼，如京洛；又有梨、栗、橘、柚、大笋、茶荈⑤，皆可饮食，益相喜贺。昨日因参转运，作庭趋，始觉身是县令矣，其余皆如昔时。

师鲁简中言，疑修有自疑之意者，非他，盖惧责人太深以取直尔。今而思之自决，不复疑也。然师鲁又云暗于朋友⑥，此似未知修心。当与高书时，盖已知其非君子，发于极愤而切责之，非以朋友待之也。其所为何足惊骇？路中来，颇有人以罪出不测见吊者，此皆不知修心也。师鲁又云非忘亲，此又非也。得罪虽死，不为忘亲，此事须相见，可尽其说也。

五六十年来，天生此辈，沉默畏慎，布在世间，相师成风。忽见吾辈作此事，下至灶间老婢，亦相惊怪，交口议之。不知此事古人日日有也，但问所言当否而已。又有深相赏叹者，此亦是不惯见事人也。可嗟世人不见如往时事久矣！往时砧斧鼎镬，皆是烹斩人之物，然士有死不失义，则趋而就之，与几席枕藉之无异。有义君子在傍，见有就死，知其当然，亦不甚叹赏也。史册所以书之者，盖特欲警后世愚懦者，使知事有当然而不得避尔，非以为奇事而诧人也。幸今世用刑至仁慈，无此物，使有而一人就之，不知作何等怪骇也。然吾辈亦自当绝口，不可及前事也。居闲僻处，日知进道而已，此事不须言，然师鲁以修有自疑之言，要知修处之如何，故略道也。

安道与予在楚州⑦，谈祸福事甚详，安道亦以为然。俟到夷陵写去，然后得知修所以处之之心也。又常与安道言，每见前世有名人，当论事时，感激不避诛死，真若知义者，及到贬所，则戚戚怨嗟，有不堪之穷愁形于文字，其心欢戚无异庸人，虽韩文公⑧不免此累。用此戒安道，慎勿作戚戚之文。师鲁察修此语，则处之之心，又可知矣。近世人因言事亦有被贬者，然或傲逸狂醉，自言我为大不为小⑨。故师鲁相别自言：益慎职，无饮酒。此事修今亦遵此语。咽喉自出京愈矣，至今不曾饮酒。到县后勤官，以惩洛中时懒慢矣。

夷陵有一路，只数日可至郢，白头奴足以往来。秋寒矣，千万保重。不宣。修顿首。

【注释】

①白头奴：老仆人。

②见绐（dài）：被欺骗。绐，同"诒"，欺骗。

③君贶（kuàng）：王拱辰，字君贶，开封府咸平（今河南通许县）人。他与欧阳修是同科进士，又是连襟，但二人政见不同。

④襄州：今湖北襄阳。

⑤茶荈（chuǎn）：早采为茶，晚取为荈。

⑥暗于朋友：对朋友不了解。暗，蒙昧。

⑦安道与予在楚州：欧阳修赶往夷陵途中，曾和余靖在淮安舟中晤面，文中即称此事。安道，余靖，字安道。与范仲淹一同遭贬，由集贤校理贬为监筠州（今四川筠连县）酒税。楚州，州治在今江苏淮安市。

⑧韩文公：韩愈，文公是他的谥号。欧阳修对韩愈贬谪时作戚戚之文，表示不屑。

⑨为大不为小：做大事不做小事。

【赏读】

本文作于景祐三年（1036）秋冬之际，当时作者刚刚抵达贬所夷陵，就急切地给好友尹洙写了这封信。

信的最前面两段，欧阳修先跟尹洙解释了，这封信迟误的原因。先是在京师，因为误信了老家奴的谎话，以为老朋友已登船离去了，便没有如约送行。接着，说明自己离京时惶迫仓促，实在来不及给朋友写封回信，只好托连襟王拱辰代为书信。作者由此也带出了同为天涯沦落人、非常不堪的贬谪经历。

接下来两段，询问尹洙在郢州生活如何，家人是否都好，并简要介绍了自己的生活情况，"夷陵有米、面、鱼，如京洛；又有梨、栗、橘、柚、大笋、茶荈，皆可饮食"，这里颇有因祸得福、苦中求乐的意味。行文至此，全用家常话，让人觉得此信如同家书，处处充满亲情。

琐事叙完，作者转入正题，回应了尹洙询问的切责高若讷一事。欧阳修明确表示，自己致书高氏时，便心中"已知其非君子"，做好了最坏的打算。事后，作者也曾深深反思，但自认为绝没有"责人太深"，也没有博取舆论肯定的苟且心理，便泰然自若了。即便现如今与几位"同志"沦落天涯，也是无怨无悔的。由忤逆权臣一事，作者又生发了历史感慨，他说："士有死不失义，则趋而就之，与几席枕藉之无异。有义君子在傍，见有就死，知其当然，亦不甚叹赏也。"既然早有先烈导行于前，那么，放在历史的长河里，去审视今天切责权臣一事，就实在算不上什么大不了的行为了，所以欧阳修认为"吾辈亦自当绝口，不可及前事也"。

常言道：既来之，则安之。作者最后在信中勉励好友，应当直面人生，勇对逆境，应"益慎职，无饮酒"，不做庸庸碌碌之人，不做"戚戚怨嗟，有不堪之穷愁形于文字"。由此，作者高尚的精神境界昭然而显。最后，欧阳修还不无兴奋地告诉尹洙，夷陵至郢州有条路，几天便可往来一趟，正可罚那个骗人的白头老奴做信使，为双方送信。想必当年尹洙读到此处，当为欧阳修的坦诚与可爱，而作会心一笑吧。

　　整篇文章充满了朋友间真诚与互勉的情义，拉家常、叙衷肠、表心迹，恤问近况，反复慰藉，细腻亲切，娓娓道来，文情流转自然，恰似兄弟间推心置腹的家书。

送曾巩秀才序

广文①曾生，来自南丰②，入太学，与其诸生群进于有司。有司敛群才，操尺度，概以一法，考其不中者而弃之。虽有魁垒③拔出之才，其一累黍④不中尺度，则弃不敢取。幸而得良有司，不过反同众人叹嗟爱惜，若取舍非己事者。诿曰："有司有法，奈何不中！"有司固不自任其责，而天下之人亦不以责有司，皆曰："其不中，法也。"不幸有司尺度一失手，则往往失多而得少。呜呼！有司所操果良法邪？何其久而不思革也？

况若曾生之业，其大者固已魁垒，其于小者亦可以中尺度，而有司弃之，可怪也！然曾生不非同进，不罪有司，告予以归，思广其学而坚其守。予初骇其文，又壮其志。夫农不咎岁而菑播⑤是勤，其水旱则已，使一有获，则岂不多邪？

曾生橐⑥其文数十万言来京师，京师之人无求曾生者，然曾生亦不以干也。予岂敢求生，而生辱以顾予。

是京师之人既不求之，而有司又失之，而独予得也。于其行也，遂见于文，使知生者可以吊有司，而贺余之独得也。

【注释】

①广文：指太学生。唐宋时期均设有广文馆，掌教国子监中习进士课业的生徒。

②南丰：今江西南丰县。

③魁垒：壮伟。

④累黍：指微小的分量。古人用黍粒作为计量的基准。

⑤菑（zī）播：开荒、播种。

⑥橐（tuó）：本义是口袋，这里用作动词，携带。

【赏读】

庆历二年（1042），曾巩参加礼部进士考试落第，临别之际，欧阳修作此文相赠。

曾巩是个大才子，《宋史》本传记载他，"生而警敏，读书数百言，脱口辄诵。年十二，试作《六论》，援笔而成，辞甚伟。甫冠，名闻四方。欧阳修见其文，奇之"。然而，就是这样一个举世公认的人才，竟然被"有司弃之"，这不能不令欧阳修感到诧异。由曾巩落第这个"可怪"的现象，欧阳修深刻反思了科举的录取规则问题。

宋代科举严格规定了应试文章的体式、风格，只要文章稍稍"不中尺度"，即使内容再好，艺术性再强，也一概不取。不过，问题是"曾生之业，其大者固已魁垒，其于小者亦可以中尺度，而有司弃之"，也就是说，曾巩写得好的文章，足以达到杰出境界，就是写得水平一般的文章，也完全能符合科举"尺度"，那他何以不中呢？作者的视角便由科举的"死规矩"，转到了那些负责考评工作的"活人"身上。这些主考官们分成两类，一类是"良有司"，因循守旧"死规矩"，举凡不中"尺度"的文章，一律黜落，然后假惺惺地说"其不中，法也"。简简单单的几句话，就把一群冷酷虚伪的考官嘴脸，刻画得入木三分。另一类是连这个"死规矩"都把握不明白的糊涂考官，即文中所说的"有司尺度失手"，其造成的冤屈考生，则又不可胜数了。

这是欧阳修对科举制度的深刻反思，他其实是在宽慰曾巩，是替他鸣不平。同时也在鼓励他，期待曾巩会像农夫不计水旱天气，始终辛勤播种，将来"一有获，岂不多邪"？

一篇写给落第举子的赠别文章，没有丝毫哀怨消沉的意味。立意高迈，层层推进，将宋代科举流弊彻底揭穿，显示出作者公正、真诚、敢言、惜才、爱才的情愫。

文中，作者质疑："有司所操果良法邪？何其久而不思革也？"其实，这就是欧阳修本人的告白。当嘉祐二年（1057），主持礼部诠选时，欧阳修真的就推行了自己的文章改良主张——力黜险怪奇涩的"太学体"，提倡"文以载道"的实用风格，并一并录取了曾巩、苏轼、苏辙等有才之士。实际上，欧阳修是以实际行动驳斥例行的科举标准，借助天子恩赐的行政权力，他推行了自己科举取士的理念。

　　欧阳修，不愧为一代文宗。

送杨寘序

　　予尝有幽忧之疾①，退而闲居，不能治也。既而学琴于友人孙道滋，受宫声数引②，久而乐之，不知疾之在其体也。夫疾，生乎忧者也。药之毒者能攻其疾之聚，不若声之至者，能和其心之所不平。心而平，不和者和，则疾之忘也宜哉。

　　夫琴之为技，小矣，及其至也，大者为宫，细者为羽③。操弦骤作，忽然变之，急者凄然以促，缓者舒然以和。如崩崖裂石，高山出泉，而风雨夜至也；如怨夫寡妇之叹息，雌雄雍雍④之相鸣也。其忧深思远，则舜与文王、孔子之遗音也；悲愁感愤，则伯奇孤子、屈原忠臣之所叹也。喜怒哀乐，动人心深，而纯古淡泊，与夫尧舜三代之言语、孔子之文章、《易》之忧患、《诗》之怨刺无以异⑤。其能听之以耳，应之以手，取其和者，道其堙郁，写其忧思⑥，则感人之际亦有至者矣。是不可以不学也。

　　予友杨君，好学有文，累以进士举，不得志。及从荫调⑦，为尉于剑浦⑧，区区在东南数千里外，是其心固有不平者。且少又多疾，而南方少医药，风俗饮食异宜。以多疾之体，有不平之心，居异宜之俗，其能郁郁以久乎？然欲平其心以养其疾，于琴亦将有得焉。故予作《琴说》以赠其行，且邀道滋酌酒进琴以为别。

【注释】

①幽忧之疾：是感时伤世之情的委婉说法。

②宫声数引：代指琴调数曲。

③大者为宫，细者为羽：宫声浩大，羽声微弱。

④雍雍：形容雁鸣声。《诗经·邶风·匏有苦叶》中有"雍雍鸣雁"。

⑤"与夫尧舜三代之言语"句：用古人视为经典的《尚书》《春秋》《易经》《诗经》，比喻琴声的"淳古淡泊"。

⑥道：通导，导引。埋郁：郁塞不通。写：通"泄"，发泄。

⑦荫调：谓因先世荫庇被征调任官。

⑧剑浦：今福建南平。

【赏读】

本文作于庆历七年（1047），是欧阳修赠序文中极特别的一篇，又被称为"琴说"。

欧阳修爱琴，家中藏有三张名贵古琴，他晚年作的《六一居士传》，也把"有琴一张"称为自己的志趣。但欧阳修并不孜孜于琴艺，他爱琴只是为了排遣俗世烦虑，聊以治愈自己的"幽忧之疾"。在作者看来，琴声具有不可思议的感发力量，对于不幸处在抑塞偃塞之际的人来说，更能"道其堙郁，写其忧思"。

接着文章插入一大段对琴声的描写。欧阳修把抽象的琴声，具化为人们可以感知的生活意境。所谓山崩石破、泉水流深、暴雨骤至以及寡妇的叹息、雄雁高飞雌雁跟随等，都是模拟琴声节奏、旋律。将抽象事物具象化，写出了琴声的各种感发力量，确实是道前人所未道，这是欧阳修对琴声描摹的独特创造。而且，我们如果从行文上看，这段描写琴声的文字，上承第一段，解释琴声何以能治好作者"幽忧之疾"。又下启第三段，引出希望杨寘学琴，利用这寓百种境界于其中的艺术，"平其心以养其疾"。如此安排文字，谋篇布局上不露一点儿声色，实在是非常高妙的。

也许有人会心生诧异，为什么在给友人送别的赠言里，欧阳修写了这许多弹琴的感悟呢？在文章的最后，作者说明了自己的意图。原来，这位杨寘，是个累举进士皆落第的小人物，最后只好以"荫调"得了个剑浦县尉的卑微职务。靠祖上功勋获取衣食，本就是不光彩的事，更兼他本人体弱多病，此去南部偏远地方，缺医少药，风俗饮食殊为不同，这些无疑都加重了杨寘的郁结。此时，欧阳修做了换位思考，他深感杨寘的各种心理负担，会令其"郁郁"而不能长久于人世。于是，为了宽慰杨寘，帮他找到一种能够排解心绪的方式，欧阳修想到了自己亲身验证过的琴声的妙用，他认为"欲平其心以养其疾，于琴亦将有得焉"。因而，在临别之际，他请来了琴友孙道滋即席弹琴为杨寘践行。这样，现身说法加上现场演奏，估计杨寘会因此而倾心于琴道了吧。

"人之相知，贵相知心"，欧阳修此文，虽然出语不祥、无所顾忌，但发自肺腑。如此感同身受的慰藉之词，想必杨寘读过以后，一定会感激涕零的。

与十四弟^①书

　　某罪逆深重，不自死灭，祸罚上延太君，以去年三月十七日有事。攀号冤叫，五内分崩，不孝深苍天！罪逆深苍天！见在颍州持服。昨者郑斋郎自乡中来，得十四弟书，知与骨肉奉亲各安。某为于颍州卜葬，所以未及归得，只候服阕^②，南归相见。书言回陂树倒，但勿令人斫伐为幸。诸大小坟域，且望更与挂意照管。年岁间，某归相见，余不多言。今因嗣立人回，奉此不具。兄押。书寄十四弟秀才，四月七日。

【注释】

　　①十四弟：欧阳修的族弟欧阳焕。

　　②服阕：守丧期满除服。阕，止息，终了。

【赏读】

　　欧阳修祖籍江西吉安永丰县沙溪乡，他的父亲就葬在沙溪的泷冈（今凤凰山）上。由于欧阳修一生都是官身不由己，南北迁谪，故而他很少有机会回乡祭扫祖坟，只好将祭祖扫墓一事委托给家乡的族弟欧阳焕。我们考查现存的欧阳修写给欧阳焕的家书，发现几乎每封信里都叮嘱祖茔事，并多次寄钱，"与买香、纸、酒等浇奠"之用。

　　这封信极真切地反映出古代宗法社会的孝义观念和祖产观念。父亲欧阳观在欧阳修四岁时便亡故了，葬在家乡。考虑到自己一生都照顾不上祖坟，故而，在母亲郑氏去世时，是让父母合葬、归寂祖坟，还是将母亲葬在颍州呢？欧阳修犹豫不决了。按宗法观念，父母应该合葬；但按儿子的心愿，欧阳修更愿意把母亲葬在颍州。颍州是欧阳修想终老的地方，如果母亲葬在这里，他可以时常拜扫母亲的坟墓。事实上，作为儿子，欧阳修对母亲有着拳拳之恋，他更想生生死死、永远都和母亲不离不弃！考察欧阳修的一生，我们发现除了二十岁前后，他曾因求学、科举而与母亲短暂分别以外，母子俩始终相伴不离。母亲是欧阳修一生最亲最敬的人，是他拼搏进取的根本动力。现在母亲永远走了，人神两隔，欧阳修仍然愿意让母亲离自己近一点儿，为此，他甚至在颍州给母亲买好了一块墓地。但思来想去，最后宗法观念征服了欧阳修，他还是决定护送母亲归葬祖坟，让父母合葬。这封信就是告诉十四弟，自己要扶丧南归的打算。

写这封信时，郑老夫人已去世一年有余，但欧阳修仍极度哀伤，他甚至认为母亲病故，全因自己"罪逆深重"，骂自己"不孝深苍天、罪逆深苍天"，应该死了去赎罪！中国古代有"人生七十古来稀"之说，言下之意就是罕有人能活到七十岁。而郑老夫人本身体质就不好，且少寡，独自一人抚养幼子，其一生遭受的艰辛苦难，我们可想而知。她最终能够享寿七十二，多赖儿子平日照顾周到、侍亲至孝。欧阳修可谓极尽心力了，他本可以不再纠结，但我们看到，他在信中仍极端自怨自责，这着实让我们为其大爱至孝的精神而叹服。

送徐无党南归序

草木鸟兽之为物，众人之为人，其为生虽异，而为死则同，一归于腐坏、澌尽、泯灭而已。而众人之中，有圣贤者，固亦生且死于其间，而独异于草木鸟兽众人者，虽死而不朽，逾远而弥存也。其所以为圣贤者，修之于身，施之于事，见之于言[1]，是三者所以能不朽而存也。修于身者，无所不获；施于事者，有得有不得焉；其见于言者，则又有能有不能也。施于事矣，不见于言可也。自《诗》《书》《史记》所传，其人岂必皆能言之士哉？修于身矣，而不施于事，不见于言，亦可也。孔子弟子，有能"政事"者矣，有能"言语"者矣。若颜回者，在陋巷，曲肱饥卧而已，其群居则默然终日如愚人。然自当时群弟子皆推尊之，以为不敢望而及，而后世更百千岁，亦未有能及之者。其不朽而存者，固不待施于事，况于言乎？

予读班固《艺文志》、唐《四库书目》，见其所列，自三代、秦、汉以来，著书之士，多者至百余篇，少者犹三四十篇，其人不可胜数，而散亡磨灭，百不一、二存焉。予窃悲其人，文章丽矣，言语工矣，无异草木荣华之飘风，鸟兽好音之过耳也。方其用心与力之劳，亦何异众人之汲汲营营？而忽焉以死者，虽有迟有速，而卒与三者同归于泯灭。夫言之不可恃也盖如此。今之学者，莫不慕古圣贤之不朽，而勤一世以尽心于文字间者，皆可悲也。

东阳徐生，少从予学为文章，稍稍见称于人。既去，而与群士试于礼部，得高第②，由是知名。其文辞日进，如水涌而山出。予欲摧其盛气而勉其思也，故于其归，告以是言。然予固亦喜为文辞者，亦因以自警焉。

【注释】

①修之于身，施之于事，见之于言：《左传·襄公二十四年》："太上有立德，其次有立功，其次有立言，虽久不废，此之谓不朽。"这里所说的"修之于身，施之于事，见之于言"，也正是对应着立德、立功、立言。

②试于礼部，得高第：宋代进士试由礼部主持，文字好的名列高等。

【赏读】

这是一篇深受历代文章家推重的名作，奥妙其实在于本文的两大特点：

首先，这篇送序的结构十分紧凑，前后呼应、环环相扣。文章从"草木""鸟兽""众人"同归于泯灭的自然规律落笔，引出"圣贤"异于"众人"，其"不朽"的原因在于"修之于身，施之于事，见之于言"，即通常所说的君子立德、立功、立言。但马上，作者笔锋一转，他用比较法，道出了"见言"不如"施事"，而"施事"又比不上"修身"，从而，明确地质疑了所谓"立言"而"不朽"是靠不住的。接下来，作者引经据典、说古论今，指出那些呕心沥血的"著书之士"，著述"散亡磨灭，百不一、二存焉"，并慨叹"夫言之不可恃也盖如此"！最后得出这些著书之士，"其用心与力之劳，亦何异众人之汲汲营营？而忽焉以死者……而卒与三者同归于泯灭"，这恰好又与开篇"草木鸟兽之为物，众人之为人，其为生虽异，而为死则同，一归于腐坏、澌尽、泯灭而已"，桴鼓相应，形成首尾相顾的气势，让文章显出格外遒炼的劲气。

另一方面，本文的题旨深隐，包含了作者无尽的感伤。毫无疑问，欧阳修的文章誉满华夏，号称"一代文宗"。但他历览古今文人的遭际之后，却发觉儒家的价值鼓吹，与实际的人生收获是那么不相称。由人推己，欧阳修悲观地预感到自己身后的寂寥，所以，他哀叹道："今之学者，莫不慕古圣贤之不朽，而勤一世以尽心于文字间者，皆可悲也。"欧阳修是在悲人，也是在悲己！

徐无党曾跟随欧阳修学习古文，还为欧阳修的《新五代史》作过注解，故而，二人有很深的交往。临当送别之际，欧阳修将自己的人生感悟，款款道来，意在"摧其盛气而勉其思"。他告诫徐无党虽然学成古文、"得高第"，但今后莫要以文为事，并辨析了"立言"实难长久的道理。

文如其人，欧阳修一生待人真诚，文章也诚挚感人。在这篇送别的文章里，他没有写任何客套话，更没有什么溢美之词，而是做了换位思考，帮对方思考未来的人生方向。莫以"文辞"为务！欧阳修是用古代圣贤的经历，辨析了"言之不可恃"的道理，他是哀人也是哀己；他告诫徐生，同时也在自警。全篇无一字愤语，但其满腔愤懑，却早已流诸笔端，而那一声"勤一世以尽心于文字间者，皆可悲也"的长叹，也足以引起后世文人的共鸣。

《苏氏文集》 序

　　予友苏子美①之亡后四年，始得其平生文章遗稿于太子太傅杜公②之家，而集录之，以为十卷。

　　子美，杜氏婿也，遂以其集归之，而告于公曰："斯文，金玉也，弃掷埋没粪土，不能销蚀。其见遗于一时，必有收而宝之于后世者。虽其埋没而未出，其精气光怪已能常自发见，而物亦不能掩也。故方其摈斥摧挫、流离穷厄之时，文章已自行于天下，虽其怨家仇人，及尝能出力而挤之死者，至其文章，则不能少毁而掩蔽之也。凡人之情，忽近而贵远，子美屈于今世犹若此，其伸于后世宜如何也！公其可无恨。"

　　予尝考前世文章政理之盛衰，而怪唐太宗致治几乎三王之盛，而文章不能革五代之余习。后百有余年，韩、李之徒出，然后元和之文始复于古。唐衰兵乱，又百余年而圣宋兴，天下一定，晏然无事。又几百年，而古文始盛于今。自古治时少而乱时多，幸时治矣，文章或不能纯粹，或迟久而不相及。何其难之若是欤！

岂非难得其人欤？苟一有其人，又幸而及出于治世，世其可不为之贵重而爱惜之欤？嗟吾子美，以一酒食之过，至废为民而流落以死。此其可以叹息流涕，而为当世仁人君子之职位宜与国家乐育贤材者惜也！

子美之齿③少于予，而予学古文反在其后。天圣之间，予举进士于有司，见时学者务以言语声偶摘裂④，号为时文，以相夸尚。而子美独与其兄才翁及穆参军伯长，作为古歌诗杂文，时人颇共非笑之，而子美不顾也。其后天子患时文之弊，下诏书讽勉学者以近古⑤，由是其风渐息，而学者稍趋于古焉。独子美为于举世不为之时，其始终自守，不牵世俗趋舍，可谓特立之士也。

子美官至大理评事、集贤校理而废，后为湖州长史以卒，享年四十有一。其状貌奇伟，望之昂然，而即之温温，久而愈可爱慕。其材虽高，而人亦不甚嫉忌，其击而去之者，意不在子美也。赖天子聪明仁圣，凡当时所指名而排斥，二三大臣而下，欲以子美为根而累之者，皆蒙保全，今并列于荣宠。虽与子美同时饮酒得罪之人，多一时之豪俊，亦被收采，进显于朝廷。而子美独不幸死矣，岂非其命也？悲夫！

庐陵欧阳修序。

【注释】

①苏子美：苏舜钦（1008～1048），字子美，号沧浪翁，绵州盐泉（今四川绵阳市东南）人，宋代著名诗人。历任县令、大理评事、集贤校理、监进奏院等职。因支持范仲淹庆历革新，而被守旧派憎恨，御史中丞王拱辰命属官弹劾苏舜钦，罪名是在秋季祭神的时候，用卖进奏院废纸之钱宴请宾客。苏舜钦罢职后，闲居苏州，后来起复为湖州长史，不久病故。

②杜公：即苏舜钦的岳父杜衍（978～1057），字世昌，越州山阴（今浙江绍兴）人。大中祥符元年（1008），登进士第，历仕州郡，以善辨狱闻。其后，历任御史中丞、知审官院、枢密使。庆历四年（1044），拜同平章事，支持庆历新政，为相百日而罢，出知兖州。庆历七年（1047），以太子少师致仕，累加至太子太师，封祁国公。嘉祐二年（1057），杜衍去世，谥号"正献"。

③齿：年龄。

④摘（tī）裂：剔除割裂。

⑤其后天子患时文之弊，下诏书讽勉学者以近古：宋仁宗在明道二年（1033）曾说："近岁进士所试诗赋，多浮华，而学古者或不可以自进。宜令有司兼以策论取之。"庆历四年（1044），又下诏曰："有司务先声病章句

以拘牵之，则夫豪俊奇伟之士何以奋焉！"再次强调散体
行文的必要。

【赏读】

　　这是皇祐三年（1051），欧阳修为苏舜钦整理、编集
遗稿后，写下的一篇书序，此时距离苏舜钦去世已经四
年了。

　　欧阳修一生喜交文友，苏舜钦便是与他志同道合的
文章知交。二人都反对浮华的西昆体，主张恢复古文传
统，而且苏舜钦表现得更坚决，"独子美为于举世不为之
时，其始终自守，不牵世俗趋舍，可谓特立之士也"。对
于像苏舜钦这样的文学有识之士，欧阳修是非常欣赏的。
这既与他一生的文学旨趣一致，又符合他的儒家"立
言"、追求声名不朽的价值观，他由此判定苏舜钦"屈于
今世犹若此，其伸于后世宜如何"！此诚为先见之明。

　　这篇序文还有一层意思，就是为苏舜钦的贬黜经历
鸣不平。《宋史纪事本末》记载："仲淹、弼既出宣抚，
攻者益众，二人在朝所为亦稍沮止，衍独左右之。衍好
荐引贤士而抑侥幸，群小咸怨。衍婿苏舜钦，易简子也，
能文章，论议稍侵权贵，时监进奏院。循例祀神，以伎
乐娱宾，集贤校理王益柔，曙之子也，于席上戏作《傲
歌》。御史中丞王拱辰闻之，以二人皆仲淹所荐，而舜钦

又衍婿，欲因是倾衍及仲淹，乃讽御史鱼周询、刘元瑜举劾其事。拱辰及张方平列状请诛益柔，盖欲因益柔以累仲淹也。贾昌朝阴主拱辰等议。韩琦言于帝曰：'益柔狂语，何足深计？方平等皆陛下近臣，同国休戚，今西陲用兵，大事何限，一不为陛下论列，而同状攻一王益柔，此其意可见矣。'帝感悟，乃止，黜益柔监复州酒税，而除舜钦名，同席被斥者十余人，皆知名之士。拱辰喜曰：'吾一网打尽矣。'"苏舜钦被放废的罪名，表面上是鬻卖进奏院废纸，宴饮宾客，属监守自盗罪。实则，苏舜钦是新旧党争的牺牲品。但最令欧阳修惋惜不已的是，当年"与子美同时饮酒得罪之人，多一时之豪俊，亦被收采，进显于朝廷。而子美独不幸死矣"！真是天不假寿，舜钦早亡，他没能等到重见天日、扬眉吐气的那一天。

作为朋友，欧阳修虽然没有办法帮助苏舜钦获得生前的功名，但他却以极大的热忱替亡友整理了书稿，且极富远见地说"其见遗于一时，必有收而宝之于后世者"，并告慰舜钦"可无恨"。苏舜钦四十岁早亡，他是否有恨，我们不得而知。但一千多年来，因欧阳修为其整理了书稿，写了这篇著名的书序，而让后世仰慕舜钦的为人，传诵他的文章，叹息其多舛命运……如此留下传世之名，多少可以弥补苏君生前的失意吧。

与十二侄（通理）书

时任象州①司理。

自南方多事以来，日夕忧汝。得昨日递中书，知与新妇诸孙等各安，守官无事，顿解远想。吾此哀苦如常。欧阳氏自江南归明，累世蒙朝廷官禄，吾今又被荣显，致汝等并列官裳，当思报效。偶此多事，如有差使，尽心向前，不得避事。至于临难死节，亦是汝荣事，但存心尽公，神明亦自祐汝，慎不可思避事也。昨书中言欲买朱砂来，吾不阙②此物，汝于官下宜守廉，何得买官下物。吾在官所，除饮食物外，不曾买一物，汝可观此为戒也。

已寒，好将息。不具。吾书送通理十二郎。

【注释】

①象州：广西象州县。

②阙：通"缺"。

【赏读】

　　这封信是皇祐四年（1052），欧阳修写给侄子欧阳通理的。这一年，壮族首领侬智高起兵反宋，起义军一路东进，接连攻取了邕、横、贵、浔、龚、藤、梧、封等州，并攻下康州。后来，因为在广州与宋军相持五十余日而北上，进而又攻占了昭州。当时，欧阳通理在象州任司理（州级属官，主管刑狱），恰是平叛最前线，故而，欧阳修信中说"南方多事以来，日夕忧汝"。但国难当头，欧阳修还是鼓励侄子要戮力效国，成仁取义，报答皇朝赐予欧阳家族几代人的官禄大恩，所谓"累世蒙朝廷官禄……当思报效。偶此多事，如有差使，尽心向前，不得避事"。

　　大约欧阳通理的来信中，提到要买些当地特产的朱砂，以孝敬欧阳修，欧阳修便在这封信里训诫他"于官下宜守廉"，不必买这些闲物，并以身示范，告诉侄子为官一世，"除饮食物外，不曾买一物"。

　　短短的一封家书，含义极深。如何尽忠、报恩、戒奢、守廉、敬尊长辈等，欧阳修都做了现身说法。这是他一生身体力行的立身准则，都毫无保留地告诫给了子侄辈，这就是家风的传承。一个人的家书，最能映现出其人格境界，欧阳修对后辈殷切的期望，完全化作这篇庄重严厉的文字，让我们看到欧阳修的真实思想，也让我们体会到他冲淡、平和、纡徐的文风之外，还有这般厉声厉色的一面。

书梅圣俞稿后

凡乐，达天地之和，而与人之气相接，故其疾徐奋动可以感于心，欢欣恻怆可以察于声。五声单出于金石，不能自和也，而工者和之。然抱其器，知其声，节其廉肉①而调其律吕②，如此者，工之善也。

今指其器以问于工曰："彼簧者、簴者③，堵而编、执而列者，何也?"彼必曰："鼗鼓④、钟磬、丝管，干戚也。"又语其声以问之曰："彼清者、浊者，刚而奋、柔而曼衍者，或在郊或在庙堂之下而罗者，何也?"彼必曰："八音、五声，六代之曲，上者歌而下者舞也。其声器名物，皆可以数而对也。然至乎，动荡血脉，流通精神，使人可以喜，可以悲，或歌或泣，不知手足鼓舞之所然。"问其何以感之者，则虽有善工，犹不知其所以然焉，盖不可得而言也。

乐之道深矣! 故工之善者，必得于心，应于手，而不可述之言也。听之善，亦必得于心而会以意，不可得而言也。尧、舜之时，夔⑤得之，以和人神、舞百

兽；三代、春秋之际，师襄、师旷、州鸠⑥之徒得之，
为乐官，理国家，知兴亡。周衰官失，乐器沦亡，散
之河海⑦，逾千百岁间，未闻有得之者。其天地人之和
气相接者，既不得泄于金石，疑其遂独钟于人。故其
人之得者，虽不可和于乐，尚能歌之为诗。

古者登歌清庙，太师掌之，而诸侯之国，亦各有
诗，以道其风土性情。至于投壶、飨射，必使工歌，
以达其意，而为宾乐。盖诗者，乐之苗裔欤！汉之苏、
李，魏之曹、刘⑧，得其正始⑨。宋、齐而下，得其浮
淫流佚。唐之时，子昂、李、杜、沈、宋、王维⑩之
徒，或得其淳古淡泊之声，或得其舒和高畅之节，而
孟郊、贾岛⑪之徒，又得其悲愁郁堙之气。由是而下，
得者时有而不纯焉。

今圣俞亦得之。然其体长于本人情，状风物，英
华雅正，变态百出。哆兮其似春，凄兮其似秋，使人
读之，可以喜，可以悲，陶畅酣适，不知手足之将鼓
舞也。斯固得深者耶！其感人之至，所谓与乐同其苗
裔者邪！余尝问诗于圣俞，其声律之高下，文语之疵
病，可以指而告余也。至其心之得者，不可以言而告
也。余亦将以心得意会，而未能至之者也。

圣俞久在洛中，其诗亦往往人皆有之。今将告归，
余因求其稿而写之。然夫前所谓心之所得者，如伯牙

鼓琴，子期听之⑫，不相语而意相知也。余今得圣俞之稿，犹伯牙之琴弦乎？

【注释】

①节其廉肉：控制高音和低音。廉，高音。肉，低音。

②律吕：原意是六律和六吕，古时用来校正乐音的器具。这里泛指音律。

③簨（sǔn）者、簴（jù）者：指悬挂钟、磬的架子。古代挂钟、磬的木架，横木称为簨，架子两端的立柱称为簴。

④鼗（táo）鼓：两旁缀有灵活小耳的小鼓，俗称"拨浪鼓"。

⑤夔：相传为尧舜时候的乐官。《尚书·益稷》载："帝曰：'夔，命汝典乐……'夔曰：'於，予击石拊石，百兽率舞，庶尹允谐。'"这里是说音乐可以协调人神，驯服百兽。

⑥师襄、师旷、州鸠：能辨音律、知吉凶的三位乐师。师襄，春秋鲁国的乐官。师旷，春秋晋国的乐官。州鸠，周景王时的乐官。

⑦周衰官失，乐器沦亡，散之河海：指春秋末，鲁哀公时期，礼崩乐坏、乐官四散的情形。《论语·微子》

记载："大师挚适齐，亚饭干适楚，三饭缭适蔡，四饭缺适秦，鼓方叔入于河，播鼗武入于汉，少师阳、击磬襄入于海。"

⑧汉之苏、李，魏之曹、刘：指的是汉代的苏武、李陵；曹魏时期的曹植、刘桢。

⑨正始：诗歌纯正优秀的创作传统，即指事造实，缘情而发。

⑩子昂、李、杜、沈、宋、王维：陈子昂、李白、杜甫、沈佺期、宋之问与王维。陈子昂率先标举"汉魏风骨"，号召改革当时诗坛的靡靡风气。李白、杜甫，唐代最伟大的两位诗人，风格上，一者豪迈激昂，一者沉郁顿挫。沈、宋承六朝宫体余绪，但在总结诗的声律、病犯方面有贡献。王维，善写山水田园诗，风格静逸明秀。

⑪孟郊、贾岛：苦吟诗人，多写个人穷愁失意的生活，有"郊寒岛瘦"之称。

⑫伯牙鼓琴，子期听之：《列子·汤问》记载："伯牙善鼓琴，钟子期善听。伯牙鼓琴，志在高山，钟子期曰：'善哉，峨峨兮若泰山。'志在流水，钟子期曰：'善哉，洋洋兮若江河。'伯牙所念，钟子期必得之。"欧阳修在这里用伯牙、子期的故事，比喻自己是梅圣俞诗歌的知音。

【赏读】

"一代文宗"欧阳修，一生有很多文章道友，但在欧阳修心目中，梅尧臣的文学地位是其他人不能取代的。梅尧臣不仅在当时是与苏舜钦、欧阳修齐名的反对西昆体的诗坛干将，他还被誉为宋诗的"开山祖师"。

欧阳修与梅尧臣是至交好友。无论是探讨作诗还是处世，二人都无所避讳。他们都主张诗歌写实，力求平淡、含蓄。如此推心置腹，以至欧阳修甚至认为自己是梅诗的唯一知音。在《六一诗话》里，他评价梅尧臣的诗歌风格是"深远闲淡"，但这种风格对欣赏者的要求极高，它须要欣赏者具备精微的艺术感知力和超逸脱俗的生活境界，所以在当时很少有人欣赏梅诗。因而，欧阳修会慨叹"梅穷独我知"。

二人可谓知音，从这一角度出发，欧阳修在给梅尧臣的诗集作跋的时候，便想到化用伯牙与子期"不相语而意相知"的典故。这就解释了为什么在一篇诗集的序跋里，作者会出人意料地从音乐角度切入。而在正文中，欧阳修又不厌其烦地叙述古代音乐的发展流脉，则是意欲仿效音乐史故事，阐发梅诗的价值，并为梅尧臣确立诗歌史上不朽之地位，其中意味颇深。

事实上，欧阳修是真的懂诗，他的确非常有眼力。

文中盛赞梅诗"本人情，状风物，英华雅正，变态百出。哆兮其似春，凄兮其似秋，使人读之，可以喜，可以悲，陶畅酣适，不知手足之将鼓舞也"。表面看来，就是这么简简单单几句话，但却道出了梅诗的最大价值，同时也是对"缀风月、弄花草"的西昆体的拨乱反正，可谓言简而意深。

与大寺丞发①书

　　初六日，姚都官行，令急足随去，附书并酒，计昨日已到也。前日扬婴入州，得汝书，并信物等并足，知汝在彼安乐，甚慰。此中内外并如常。吾在假已十七八日，表并札子写下数日，廷延未发。今日待发，凌晨忽闻边事②警急，又却未敢发。然索计蹉跌，身心躁挠，无地自容。盖悔恨者，去就之计，不能自决。若去秋在颍便陈乞，安有今日之悔？到蔡，又直迟疑至今。是自家做得，今欲归咎何人？然昨为黎教授云云，遂陷惑至此。初八日，决已发表，封递角次。又得黎书，切怪在假，仍戒勿轻发，遂又迟疑。信知是一冤家，冤家边事未有涯，自家退计，杳未有也。

　　汝书言待盖草堂并庵，此不急之务，不是汝去时议定，且只修房，钱紧急，因何又却及此？吾此书到，切更勿议盖也。那取人工、物料、钱物，等候韦保屋修了，更修取此房，钱紧急处，千万千万。今此书，只为言此一事，切听切听。此外好将息，频附书归。

三月十一日押。付发。

　　谢家园子，前书已言去。庄帐子不要，今却附去。致庄之说且已，候汝归，细议也，有说有说。

【注释】

　　①发：欧阳修的长子欧阳发。

　　②边事：熙宁三年（1070），西夏大举进攻环、庆二州。至熙宁四年（1071），攻陷抚宁诸城。本文作于熙宁四年，当指此事。

【赏读】

　　这封信是欧阳修写给大儿子欧阳发的。

　　既然是家书，就少不了唠叨一些人情琐碎之事。所以，我们看到信中父子互报平安，以及邮寄了家用什物，这都是传统家信的题材，反映的是父子间浓浓的亲情。此外，欧阳修特别关心在颍州造屋一事，因为他想致仕以后，去颍州颐养天年。所以信中反复嘱咐欧阳发买田造屋的细节，并严厉斥责儿子要额外盖草堂等是"不急之务"。其实，这恰恰反映出欧阳修平生简朴、追求实用的处世之道。

　　以上还都不是这封信的重点内容，事实上，欧阳修主要想通过这封家书，跟儿子抒发一番自己的苦闷心情。

原来，欧阳修想退休，奏表与札子都写好了，就在他要正式上报给朝廷时，偏偏赶上了西北边事吃紧，在西夏大举入侵之际，实在不合时宜向皇帝请求致仕。深谙为官之道的欧阳修当然明白，此时的皇帝焦头烂额，如果上奏致仕的折子，无异于表现自私自利。弄不好，其结果是龙颜大怒，毁了他一世为官的清名。道理虽然是这样，但欧阳修的内心是真正已经厌倦了政治，他极度渴盼退休。所以，他便悔不当初，说："若去秋在颍便陈乞，安有今日之悔？到蔡，又直迟疑至今。是自家做得，今欲归咎何人？"并且，咒骂西夏与自家是冤家对头，战争不知何去何从，自己的退计也就不知何时得以实现了。如此真情的表白，又这么絮叨且直白的语言，怕是只有在家书中，我们才能看到。

欧阳修写给儿子的家书，最能给我们直观地呈现出其家族传承的精微处。诸如如何吃药、怎么品酒、怎么待人接物、怎么看待问题……都有明明白白的表述，这里承载着父亲对儿子的款款深情，也反衬出儿子对父亲的拳拳之爱，双方都不着一丝伪装，全然本色表达。

读欧阳修的家信，让我们懂得很多立身处世的道理。

卷四 人间正道 沧桑道义相砥砺

夫养不必丰，要于孝；
利虽不得博于物，
要其心之厚于仁。

非非堂记

权衡之平物，动则轻重差，其于静也，锱铢不失[1]。水之鉴物，动则不能有睹，其于静也，毫发可辨。在乎人，耳司听，目司视，动则乱于聪明，其于静也，闻见必审。处身者不为外物眩晃而动，则其心静，心静则智识明，是是非非，无所施而不中。夫是是近乎谄，非非近乎讪，不幸而过，宁讪[2]无谄[3]。是者，君子之常，是之何加？一以观之，未若非非之为正也。

予居洛之明年[4]，既新厅事[5]，有文纪于壁末[6]。营其西偏作堂，户北向，植丛竹，辟户于其南，纳日月之光。设一几一榻，架书数百卷，朝夕居其中。以其静也，闭目澄心，览今照古，思虑无所不至焉。故其堂以"非非"为名云。

【注释】

①锱（zī）铢（zhū）不失：分毫不差。锱、铢都是

古代极小的重量单位。锱，一两的四分之一。铢，一两
的二十四分之一。

②讪（shàn）：讥笑、讽刺。

③谄（chǎn）：谄媚逢迎。

④予居洛之明年：欧阳修于天圣九年（1031）到洛
阳，这里的"明年"当指明道元年，即公元1032年。

⑤新厅事：重修河南府官署。

⑥有文纪于壁末：指的是欧阳修在明道元年作有
《河南府重修使院记》一文。

【赏读】

本篇作于明道元年（1032）。欧阳修初入官场，他要
给自己的官舍取个有意义的名字。这本是一桩小事，却
也引发了作者深刻的哲思。宋人好理趣，在这里就可见
一斑了。大概是有感于官场是非多，欧阳修非常认真地
思考了"是与非"，提出了两个极具哲理性的观点。其
一，为人处世，必须摆脱名利干扰，心气平和，这是确
保我们做出准确判断的前提。其二，作者认为君子言行
正确，本是非常正常的事情，不必一味加以夸赞，否则
便有谄媚之嫌。由此，他进一步提出，如果一旦因判断
失误而在言辞上有所偏激，说了过头的话，那么宁愿这
么"非非"，承担谤议他人的言责，也不可一味"是

是"，作阿谀之词，此即"不幸而过，宁讪无谄"。基于这两点考虑，欧阳修给自己的官舍定名为"非非堂"。

试想每日出入官舍，案牍劳顿、偃坐休息之际，厅上"非非"二字确实会在有意无意之间，提醒主人为官处世之道。纵观欧阳修的一生，他也确实做到了"宁讪无谄"，在许多重大问题上，他都坚守己见，敢于犯众怒，不随波逐流，纵然屡遭贬斥，也无怨无悔。用现在的话形容欧阳修，就是不忘初心、善始善终的古代好公仆。

戕竹记

　　洛最多竹，樊圃棋错。包篠榯笋之赢①，岁尚十数万缗②，坐安厚利，宁肯为渭川下？然其治水庸③，任土物，简历芟④养，率须谨严。家必有小斋闲馆在亏蔽间，宾欲赏，辄腰舆以入，不问辟疆，恬无怪让也。以是名其俗，为好事。

　　壬申之秋，人吏率持镰斧，亡公私谁何，且戕且桴⑤，不竭不止。守都出令：有敢隐一毫为私，不与公上急病，服王官为慢，齿王民为悖。如是累日，地榛⑥园秃，下亡有啬色少见于颜间者，由是知其民之急上。

　　噫！古者伐山林，纳材苇，惟是地物之美，必登王府，以经于用。不供谓之畔⑦废，不时谓之暴殄。今土宇广斥，赋入委叠；上益笃俭，非有广居盛囿之侈。县官材用，顾不衍溢朽蠹，而一有非常，敛取无艺。意者营饰像庙遇差乎！《书》不云："不作无益害有益。"又曰："君子节用而爱人。"天子有司所当朝夕谋虑，守官与道，不可以忽也。推类而广之，则竹事犹末。

【注释】

①包箨（tuò）枱（shí）笋之赢：箨，竹笋上一片一片的皮。枱，树木直立的样子。赢，有余利，获利。

②缗（mín）：古代穿铜钱用的绳子。一缗就是一串铜钱，一般每串一千文。

③庸：通"墉"，水堰。

④芟（shān）：除去，剪除。

⑤桴（fú）：本义是鼓槌，这里是砍伐的意思。

⑥榛（zhēn）：草木丛杂。

⑦畔：通"叛"，叛逆。

【赏读】

洛阳的竹林原本能够"岁尚十数万缗"，给百姓带来丰厚利润；且竹林美妙宜人，又能带给百姓玩赏之乐。但是，这既有经济价值又有文化欣赏价值的竹林，竟然在几天时间之内，就被统统砍伐光了。原因仅仅是：明道元年（1032）八月，开封内廷发生火灾，烧毁了崇德、长春等八大殿，宰相吕夷简为了讨好皇帝、邀功固宠，下令全国各地都必须供给大殿维修所需要的建筑材料。这一打着"与公上急病"旗号的、完全不顾实际情况的政府急令，给洛阳竹林带来了毁灭性的灾难——数日之间，便是"地榛园秃"，一片惨象了。

　　但更令欧阳修深感悲愤的是，养竹人虽然做出了惨重的牺牲，但在实际上却是无用功！善良的百姓，其实是被"人吏"欺瞒和愚弄了。那些被砍下的竹子，都将被送入府库，堆积起来，最后的下场是"顾不衍溢朽蠹"，即被人遗忘、虫嗑鼠咬以致烂掉！百姓做出如此惨痛的牺牲，和"人吏"那般虚伪的嘴脸，令欧阳修忍无可忍。他满怀愤恨地将文章标题定为"戕竹"，就是想表达这个事件不是简单意义上的"砍竹""伐竹"，而是在暴殄天物、戕害善良民意！

　　如果文章至此收束，则全文的主旨只能定位在"节用而爱人""不作无益害有益"等为官之道上，则全文尚称不得非常精彩。欧阳修的高明之处就在于他在篇末笔锋陡然一转，说道："推类而广之，则竹事犹末。"这突起的笔锋，真是意味深长，让我们不免猜想到当时社会上比这"戕竹"更罪恶的暴行还应有很多吧。事实上，我们都知道宋代优待文人、鼓励大臣劝谏，文人学士普遍敢言，欧阳修便以言辞激切、能言极谏著称于世。但就是这样开明的世道，加上这样敢言的忠臣，欧阳修还有欲言又止、不敢揭露的愤恨，则当时社会弊端到底有多么黑暗不测，我们也就约略可知了。文章到此点睛结穴，戛然而止，可谓言有尽而意无穷。

夷陵县至喜堂记

峡州①治夷陵，地滨大江，虽有椒、漆、纸以通商贾，而民俗俭陋，常自足，无所仰于四方。贩夫所售，不过鱐鱼腐鲍②，民所嗜而已。富商大贾，皆无为而至。地僻而贫，故夷陵为下县，而峡为小州。州居无郭郛③，通衢不能容车马，市无百货之列，而鲍鱼之肆不可入，虽邦君之过市，必常下乘，掩鼻以疾趋。而民之列处，灶、廪、匽、井④无异位，一室之间，上父子而下畜豕。其覆皆用茅竹，故岁常火灾，而俗信鬼神，其相传曰作瓦屋者不利。夷陵者，楚之西境，昔《春秋》书荆以狄之，而诗人亦曰蛮荆⑤，岂其陋俗自古然欤？

景祐二年，尚书驾部员外郎朱公⑥治是州，始树木，增城栅，甓⑦南北之街，作市门市区。又教民为瓦屋，别灶廪，异人畜，以变其俗。既，又命夷陵令刘光裔治其县，起敕书楼，饰厅事，新吏舍。三年夏，县功毕。某有罪来是邦，朱公与某有旧，且哀其以罪而来，为至县舍，择其厅事之东以作斯堂，度⑧为疏洁高明，而日居之以休其心。堂成，又与宾客偕至而落之。

夫罪戾之人，宜弃恶地，处穷险，使其憔悴忧思，而知自悔咎。今乃赖朱公而得善地，以偷宴安，顽然使忘其有罪之忧，是皆异其所以来之意。

然夷陵之僻，陆走荆门、襄阳，至京师，二十有八驿；水道大江，绝淮、抵汴东水门，五千五百有九十里。故为吏者多不欲远来，而居者往往不得代⑨，至岁满，或自罢去。然不知夷陵风俗朴野，少盗争，而令之日食有稻与鱼，又有橘、柚、茶、笋四时之味，江山美秀，而邑居缮完，无不可爱。是非惟有罪者之可以忘其忧，而凡为吏者，莫不始来而不乐，既至而后喜也。作《至喜堂记》，藏其壁⑩。

夫令虽卑，而有土与民，宜志其风俗变化之善恶，使后来者有考焉尔。

【注释】

①峡州：今湖北宜昌，州治在夷陵。

②鱐（sù）鱼：干鱼。腐鲍：腐败的咸鱼。

③郭郛（fú）：外城。

④灶、廪、匽、井：厨房、储藏室、厕所、水井。

⑤《春秋》书荆以狄之，而诗人亦曰蛮荆：在《春秋》里，楚、荆、狄的字样混用，都指楚地。《诗经·小雅·采芑》里也有"蛮荆来威"的句子。

⑥朱公：指朱庆基，时任峡州知州，正是欧阳修的顶头上司。

⑦甓（pì）：砖，这里指用砖铺砌。

⑧度：度量，设计。夷陵是山区，所以建造房屋时，须要考虑采光问题。

⑨居者：指来夷陵做官的人。代：交卸职务。

⑩藏其壁：古代碑文在镌石之后，往往砌在墙壁里。

【赏读】

景祐三年（1036），范仲淹被贬，右司谏高若讷竟在私下诋诮范仲淹，这令欧阳修义愤不平，他特地作书责高，被高若讷告到朝廷，于是，欧阳修连坐，贬峡州夷陵县令。

此次革新派的集体遭贬，深得社会舆论同情。峡州知州朱庆基就给予欧阳修非常优厚的接待，并特别为他建造了一处新居。房屋落成，朱庆基还携百官来庆贺一番。在欧阳修心里，他对自己此番仗义执言，无怨无悔，甚至还为自己的正直感到些许自豪。在《与尹师鲁书》中，欧阳修更是极力反对古往今来那些贬臣，作"戚戚之文"的窘态。于是，他把自己这处新居命名为"至喜堂"，其中的"至喜"二字，具有矫古今之枉的涵义。

　　欧阳修也确实有苦中作乐、随遇而安的本事。他来此下州下县，不但不觉悲苦压抑，反倒还发现这夷蛮之地的诸多可爱之处。他说："夷陵风俗朴野，少盗争，而令之日食有稻与鱼，又有橘、柚、茶、笋四时之味，江山美秀，而邑居缮完，无不可爱。"以至于他还有几分庆幸，在《黄溪夜泊》中，他写道："行见江山且吟咏，不因迁谪岂能来？"作者多么达观，多么可爱！

　　当然，欧阳修在夷陵苦中作乐的同时，也没忘记他作为县令的本分。他在文中详细记述了当地人种种陋习，诸如州无城郭、市无街道、不通商贾；百姓愚昧，信巫鬼、重淫祀；人畜杂处一室，厨房厕所不分等。欧阳修认为自己身为地方官，有责任移风易俗，他勉励自己"有土与民，宜志其风俗变化之善恶，使后来者有考焉尔"。所谓"不以物喜，不以己悲"，欧阳修真是平和而又有良知的士大夫。

偃虹堤记

有自岳阳[①]至者，以滕侯[②]之书、洞庭之图来，告曰："愿有所记。"予发书按图，自岳阳门西，距金鸡之右，其外隐然隆高以长者，曰偃虹堤[③]。问其作而名者，曰："吾滕侯之所为也。"问其所以作之利害，曰："洞庭，天下之至险，而岳阳，荆、潭、黔、蜀四会之冲[④]也。昔舟之往来湖中者，至无所寓，则皆泊南津[⑤]，其有事于州者远且劳，而又常有风波之恐，覆溺之虞。今舟之至者，皆泊堤下，有事于州者，近而且无患。"问其大小之制，用人之力，曰："长一千尺，高三十尺，厚加二尺，而杀其上[⑥]，得厚三分之二，用民力万有五千五百工，而不逾时以成。"问其始作之谋，曰："州以事上转运使[⑦]，转运使择其吏之能者行视可否，凡三反复，而又上于朝廷，决之三司，然后曰可，而皆不能易吾侯之议也。"曰："此君子之作也，可以书矣。"

盖虑于民也深，则谋其始也精，故能用力少而为功多。夫以百步之堤，御天下至险不测之虞，惠其民而及于荆、潭、黔、蜀，凡往来湖中，无远迩之人皆蒙其利焉。且岳阳四会之冲，舟之来而止者，日凡有几，使堤土石幸久不朽，则滕侯之惠利于人物，可以数计哉？夫事不患于不成，而患于易坏。盖作者未始不欲其久存，而继者常至于殆废。自古贤智之士，为其民捍患兴利，其遗迹往往而在。使其继者皆如始作之心，则民到于今受其赐⑧，天下岂有遗利乎？此滕侯之所以虑，而欲有纪于后也。

滕侯志大材高，名闻当世。方朝廷用兵急人之时，尝显用之。而功未及就，退守一州，无所用心，略施其余，以利及物。夫虑熟谋审，力不劳而功倍，作事可以为后法，一宜书。不苟一时之誉，思为利于无穷，而告来者不以废，二宜书。岳之民人与湖中之往来者，皆欲为滕侯纪，三宜书。以三宜书不可以不书，乃为之书。

庆历六年某月某日记。

【注释】

①岳阳：今湖南岳阳市，临洞庭湖。

②滕侯：滕宗谅（约991~1047），字子京，河南洛阳人。滕子京一生仕途坎坷，屡贬屡谪，最高官职只是

天章阁待制。任岳州知州期间，政事顺利，百姓和乐。

③偃虹堤：根据下文介绍，此堤应该似卧着的长虹，故名之。在明朝嘉靖年间曾重修过，到清代倾圮。

④荆、潭、黔、蜀四会之冲：荆，荆州，州治在今湖北襄阳。潭，潭州，州治在今湖南长沙。黔，黔州，州治在今重庆彭水县。蜀，指今四川一带。四会之冲，水路交汇的枢纽。

⑤南津：南津港，在今湖南岳阳县南。

⑥杀其上：厚度逐渐消减。

⑦转运使：宋代主管一路政务的检察官员。

⑧民到于今受其赐：出自《论语·宪问》，是孔子赞扬管仲的话。

【赏读】

滕子京与范仲淹是同科进士，二人乃莫逆之交。庆历二年（1042），滕子京任泾州知州，因宋军在定川寨惨败，导致西夏军队长驱直入，兵临渭州，泾州旋即危急。国难当头，滕子京动用公使钱，武装当地农民、犒赏将士、抚恤阵亡士兵家属，并在范仲淹援兵的帮助下，保全了泾州城安全。然而，事后御史竟以"滥用公使钱"为罪名，贬滕子京到岳州巴陵郡。不过难能可贵的是，滕子京"不以物喜，不以己悲"，他在巴陵小郡尽心职守，兴教化，创建岳州学官；治水患，筑造偃虹堤；承前制，重修岳阳楼。只用两年多时间，就把巴陵郡治理得"政通人和，百废俱兴"。于是，在庆历六年（1046），他请范仲淹和欧阳修分别为他修建的岳阳楼和偃虹堤撰写了碑记，这便是千古名篇——《岳阳楼记》和《偃虹堤记》。

这篇《偃虹堤记》可谓别开生面，作者巧妙利用了自己与送信人的对话，引出偃虹堤是为救济船民"常有风波之恐，覆溺之虞"而兴修的，且此堤"御天下至险不测之虞，惠其民而及于荆、潭、黔、蜀，凡往来湖中，无远迩之人皆蒙其利焉"，由此突显出滕子京居官为民的情怀。紧接着，作者又不动声色地插入了一个细节，就是滕子京的设计方案严谨周密，且节省人力物力，以至方案报送上去，从地方复议到朝廷审核，都没有人能找到任何设计纰漏。不过，文章的重点并不是要表现滕子京个人能力，欧阳修更深层的意愿，其实是希望"不苟一时之誉，思为利于无穷，而告来者不以废"，是"使其继者皆如始作之心，则民到于今受其赐"。也就是说，期望后来者都能有如滕子京勤政为民的良心，继往开来，能为子孙万世深谋远虑，造福一方。这也是滕子京叮嘱欧阳修作此文的题旨。

庆历七年（1047），滕子京因治巴陵郡有功，调任江南重镇苏州知州,上任不久便卒于任所。这既是滕子京个人的悲剧,也是新旧党争的悲剧。死者长已矣,这也许是天命使然,滕子京的德能、才干、政声,永远定格在了巴陵小郡。

相州昼锦堂记

　　仕宦而至将相，富贵而归故乡，此人情之所荣，而今昔之所同也。盖士方穷时，困厄闾里，庸人孺子皆得易而侮之，若季子①不礼于其嫂，买臣②见弃于其妻。一旦高车驷马，旗旄导前而骑卒拥后，夹道之人，相与骈肩累迹，瞻望咨嗟，而所谓庸夫愚妇者，奔走骇汗，羞愧俯伏，以自悔罪于车尘马足之间。此一介之士得志于当时，而意气之盛，昔人比之衣锦之荣者也。

　　惟大丞相魏国公③则不然。公，相人也。世有令德，为时名卿④。自公少时，已擢高科、登显仕，海内之士闻下风而望余光者，盖亦有年矣。所谓将相而富贵，皆公所宜素有，非如穷厄之人侥幸得志于一时，出于庸夫愚妇之不意，以惊骇而夸耀之也。然则高牙大纛⑤不足为公荣，桓圭衮冕⑥不足为公贵。惟德被生民而功施社稷，勒之金石，播之声诗，以耀后世而垂无穷：此公之志，而士亦以此望于公也。岂止夸一时而荣一乡哉？

公在至和中，尝以武康之节来治于相，乃作昼锦之堂于后圃。既，又刻诗于石，以遗相人。其言以快恩仇、矜名誉为可薄，盖不以昔人所夸者为荣，而以为戒。于此见公之视富贵为如何，而其志岂易量哉！故能出入将相，勤劳王家，而夷险一节。至于临大事，决大议⑦，垂绅正笏，不动声气，而措天下于泰山之安，可谓社稷之臣矣！其丰功盛烈，所以铭彝鼎而被弦歌者，乃邦家之光，非闾里之荣也。

余虽不获登公之堂，幸尝窃诵公之诗，乐公之志有成，而喜为天下道也，于是乎书。

尚书吏部侍郎、参知政事欧阳修记。

【注释】

①季子：苏秦，字季子。《战国策》记载苏秦游说秦惠王，失意而归，"归至家，妻不下纴，嫂不为炊，父母不与言"。

②买臣：朱买臣。《汉书·朱买臣传》记载："家贫，好读书，不治产业……妻羞之，求去。买臣笑，曰：我年五十当富贵，今已四十余矣，汝苦日久，待我富贵报汝功。妻恚怒曰：如公等终饿死沟中耳，何能富贵。买臣不能留，即听去。"

③大丞相魏国公：指韩琦（1008～1075），字稚圭，自号赣叟，相州安阳（今属河南）人。北宋政治家、名将。天圣五年（1027）进士。历枢密直学士、陕西四路经略安抚招讨使。与范仲淹共同防御西夏，名重一时，时称"韩范"。嘉祐中，拜同中书门下平章事。英宗嗣位，拜右仆射，封魏国公。神宗立，拜司空兼侍中，出知相州、大名府等地。熙宁八年（1075）卒，年六十八，谥忠献。宋神宗为他御撰墓碑。追赠尚书令，谥号忠献，配享宋英宗庙庭。

④世有令德，为时名卿：韩琦祖上即已富贵，其父韩国华，在宋真宗朝任谏议大夫。

⑤高牙大纛（dào）：军中大将的牙旗。亦泛指居高位者的仪仗。

⑥桓圭：古代帝王与公、侯、伯、子、男五等诸侯于朝聘时各执玉圭以为信符，圭有六种，表不同的爵秩等级，"桓圭"为公爵所执。衮冕：古代官员的朝服冠带。

⑦临大事，决大议：韩琦提议立宋英宗和宋神宗，调停英宗与曹太后间的矛盾，经略西夏边防事务。

【赏读】

昼锦堂，是韩琦任相州知州时在衙署后院建的一座堂舍，名字反用"富贵不归故乡，如衣锦夜行"（《汉书·项籍传》）。按照一般人的观念，如果富贵之后，没回家乡炫耀一番，就犹如在黑夜穿着锦绣华服一样，是没人知道和羡慕的。而韩琦起的这个"昼锦堂"的名字，却无异于故意说，他就想大白天穿华服！难道韩丞相也是那种寻常思维，意欲人前显摆一下吗？

答案当然是否定的。了解宋史的人都知道，韩琦绝不同于那些一朝得志的政坛暴发户，他家世代官宦，本人不到二十岁便中进士，"年甫三十，天下已称为韩公"。换句话说，功名利禄是他生活的常态，根本用不着夸耀，更谈不上有大白天当众显摆的冲动了。那么，韩琦为什么偏要在家乡当知州时，取一个"昼锦堂"的名字呢？其实这里面有很深的涵义。用韩琦在《昼锦堂诗》中的话解释，就是"兹予来旧邦，意弗在矜炫……公余新此堂，夫岂事饮燕。亦非张美名，轻薄诧绅弁。重禄许安闲，顾己常兢战……"可见，韩琦是想用这个堂名，时时刻刻告诫自己，每天居高位、握重权、穿华服、前呼后拥的日子，不是做人做官的本分，大丈夫应该是"惟德被生民而功施社稷，勒之金石，播之声诗，以耀后世而垂无穷"。行文至此，我们便明白了为什么欧阳修前面叙述了那么一大段"庸人孺子愚妇"对富贵功名的态度，原来这是在为韩琦的大志做铺垫。

　　实际上，昼锦堂在欧阳修作此文时，已建成十年了，而且从上下文推断，好像韩琦也没请托他写这样一篇堂记，那又是为什么时隔十年时间，欧阳修突然要写这篇文章呢？在文末作者给出了答案，"余虽不获登公之堂，幸尝窃诵公之诗，乐公之志有成，而喜为天下道也，于是乎书"。欧阳修因与韩琦共事多年，深深地折服于韩琦的道德与能力，就像他在文中所说的"（韩琦）能出入将相，勤劳王家，而夷险一节。至于临大事，决大议，垂绅正笏，不动声气，而措天下于泰山之安，可谓社稷之臣矣"。"一代文宗"欧阳修实在按捺不住心中对韩琦的赞许，他为社稷得人而兴奋，他为能述韩相之志而感到骄傲。

尹师鲁墓志铭

　　师鲁，河南人，姓尹氏，讳洙。然天下之士识与不识皆称之曰师鲁，盖其名重当世。而世之知师鲁者，或推其文学，或高其议论，或多其材能。至其忠义之节，处穷达，临祸福，无愧于古君子，则天下之称师鲁者未必尽知之。

　　师鲁为文章，简而有法。博学强记，通知今古，长于《春秋》。其与人言，是是非非，务穷尽道理乃已，不为苟止而妄随，而人亦罕能过也。遇事无难易，而勇于敢为，其所以见称于世者，亦所以取嫉于人，故其卒穷以死。

　　师鲁少举进士及第，为绛州正平县①主簿、河南府户曹参军、邵武军②判官。举书判拔萃③，迁山南东道掌书记，知伊阳县④。王文康公⑤荐其才，召试，充馆阁校勘，迁太子中允。天章阁待制范公贬饶州，谏官、御史不肯言，师鲁上书，言"仲淹臣之师友，愿得俱贬。"贬监郢州酒税⑥，又徙唐州。遭父丧，服除，复得太子中允、知河南县。赵元昊反，陕西用兵，大将葛怀敏⑦奏，起为经略判官。师鲁虽用怀敏辟，而尤为经略使韩公⑧所深知。其后诸将败于好水，韩公降知秦州，师鲁亦徙通判濠州。久之，韩公奏，得通判秦州。迁知泾州，又知渭州，兼泾原路经略部署。坐城水洛⑨与边臣异议，徙知晋州，又知潞州⑩。为政有惠爱，潞州人至今思之。累迁官至起居舍人，直龙图阁。

师鲁当天下无事时，独喜论兵，为《叙燕》《息戍》二篇行于世。自西兵起，凡五六岁，未尝不在其间。故其论议益精密，而于西事尤习其详。其为兵制之说，述战守胜败之要，尽当今之利害。又欲训土兵⑪代戍卒，以减边用，为御戎长久之策，皆未及施为。而元昊臣，西兵解严，师鲁亦去而得罪矣。然则天下之称师鲁者，于其材能，亦未必尽知之也。

初，师鲁在渭州，将吏有违其节度者，欲按军法斩之而不果。其后吏至京师，上书讼师鲁以公使钱贷部将，贬崇信军节度副使，徙监均州酒税。得疾，无医药，舁至南阳⑫求医。疾革，隐几⑬而坐，顾稚子在前，无甚怜之色，与宾客言，终不及其私。享年四十有六以卒。

师鲁娶张氏，某县君。有兄源，字子渐，亦以文学知名，前一岁卒。师鲁凡十年间，三贬官，丧其父，又丧其兄。有子四人，连丧其三。女一适人，亦卒。而其身终以贬死。一子三岁，四女未嫁，家无余资，客其丧于南阳不能归。平生故人无远迩皆往赙⑭之，然后妻子得以其柩归河南。以某年某月某日葬于先茔之次。

余与师鲁兄弟交，尝铭其父之墓矣，故不复次其世家焉。铭曰：

藏之深，固之密。石可朽，铭不灭。

【注释】

①绛州正平县：旧城在今山西新绛县西南。

②邵武军：宋代军名，属福建路，旧治在今福建邵武市。

③书判拔萃：书判工作考核为优等，这是古代州县地方官举荐佐吏的评语。

④伊阳县：在今河南嵩县西南。

⑤王文康公：王曙死后的谥号，当时他任河南府知府。

⑥郓州酒税：即负责为郓州官府征收酒税的监税官。

⑦葛怀敏：当时任泾原路马步军副总管兼泾原、秦凤两路经略安抚副使。

⑧韩公：韩琦。

⑨城水洛：关于城水洛事，朝臣意见分为两派。以

范仲淹为代表的防御派，认为应该建水洛城，作为守边可据之堡；而以韩琦、尹洙为代表的激进派，则认为建水洛城，须要分兵守土，且浪费物力，故而，坚决反对。然而，尹洙对此事操之过急，他竟然给负责监督建城的刘沪、董士廉上了枷锁镣铐，并且关押起来。于是陕西四路都总管郑戬对此事论奏不已，最终朝廷徙尹洙到庆州，后又徙至晋州。

⑩潞州：州治在今山西长治。

⑪土兵：即乡勇，宋代训练地方壮丁，用以保护当地百姓生产、生活的安全。

⑫舁（yú）：抬。南阳：即邓州治所，当时范仲淹任邓州知州。

⑬隐几：病情严重，依靠几案。

⑭赙（fù）：拿钱财帮助办理丧事。

【赏读】

这篇墓志铭作于庆历八年（1048），即尹洙去世的第二年。

尹洙一生怀才不遇，忧愤成疾。水洛城事件使他一贬再贬，及为均州酒税，又遭到知州赵可度歧视，以致旧疾发作，他想求医，又被刁难。不久，尹洙溘然长逝，留下"一子三岁，四女未嫁，家无余资，客其丧于南阳不能归。平生故人无远迩皆往赙之，然后妻子得以其柩归河南"，可谓身后凄凉。

欧阳修自入仕便与尹洙结识，二人有兄弟之谊，他对尹洙含冤屈死深感悲痛，精心撰写了这篇墓志铭。全文言简意深，欧阳修对尹洙的文学之才、论议之高、材能之美，均未缕述，只用一句"不言可知"作结。作者集中力量写了两件事来表现尹洙的道德风节。一件是尹洙自请与范仲淹同贬，一件是临终而语不及私，以此凸显尹洙"忠义之节，处穷达，临祸福，无愧于古君子"这一主题。

然而，这篇墓志写成之后，却遭到尹洙亲朋们的责难，他们说"铭文不合不讲德，不辨师鲁以非罪"。对此，欧阳修在《论尹师鲁墓志》里解释说，这是为了表达对死者的尊敬，他故意模仿尹洙平日文章"简而有深意"的风格，才写成这个样子的。但事实上，欧阳修不愿细究导致尹洙悲剧命运的水洛城事件，确系有其为难之处。他对于当时防御派和激进派主张都有深入了解，但欧阳修的身份很特别，他一方面是范仲淹的铁杆追随者，同时他又是尹洙的莫逆之交，在这种情况下，欧阳修实在不愿意再提一件旧事而勾起双方曾经的对立情绪。更何况，水洛城事件早已完结了，尹洙也去世了，眼下再让这件聚讼纷呈的水洛城事件去扰攘死者，又显得多么无聊！恐怕这才是欧阳修所谓的"深意"吧。

樊侯庙灾记

郑之盗，有入樊侯庙刲[①]神象之腹者。既而大风雨雹，近郑之田，麦苗皆死。人咸骇曰："侯怒而为之也！"

余谓樊侯本以屠狗立军功，佐沛公至成皇帝，位为列侯，邑食舞阳[②]，剖符传封，与汉长久，《礼》所谓"有功德于民则祀之"者欤！舞阳距郑既不远，不汉、楚常苦战荥阳、京、索间，亦侯平生提戈斩级所立功处，故庙而食之，宜矣。方侯之参乘沛公，事危鸿门，瞋目一顾，使羽失气，其勇力足有过人者，故后世言雄武称樊将军。宜其聪明正直，有遗灵矣。

然当盗之傅[③]刃腹中，独不能保其心腹肾肠哉？而反贻怒于无罪之民，以骋其恣睢，何哉？岂生能万人敌，而死不能庇一躬邪？岂其灵不神于御盗，而反神于平民以骇其耳目邪？风雷雨雹，天之所以震耀威罚有司者，而侯又得以滥用之邪？

盖闻阴阳之气，怒则薄而为风霆，其不和之甚者，凝结而为雹。方今岁且久旱，伏阴不兴，壮阳刚燥，疑有不和而凝结者，岂其适会民之自灾也邪？

不然，则喑呜叱咤，使风驰霆击，则侯之威灵暴矣哉！

【注释】

①刳（kū）：从中间破开再挖空。

②舞阳：今河南舞阳县，樊哙封侯于此。

③傅（zì）：古同"剚"，插入，刺入。

【赏读】

本文作于欧阳修知开封府期间，是一篇向老百姓宣讲科学知识、破除迷信的文章，全文驳斥荒谬，写得饶有趣味。

原来，这一年春夏之交，郑地出现了一次大风雷电雨雹的强对流天气，以致田间麦苗皆死，老百姓损失巨大。偏偏事有凑巧，恰在这场大雨冰雹天气来临前夕，有盗贼去了樊侯庙，剖开神像的肚子，取走了里面用金银做成的内脏。于是，就有一些不懂装懂的庸人牵强附会，说这场天灾是樊侯大神发怒了，才降此大祸给郑地百姓的。

针对这样的无稽之谈，欧阳修首先向老百姓介绍了一下樊侯其人其事。樊侯即汉初大将樊哙，是"以屠狗立军功，佐沛公至成皇帝"的功臣。著名的鸿门宴中，就是他奋不顾身闯入项羽的中军帐内，挫了项羽不可一世的气焰，才及时将刘邦营救出来的。故而，在刘邦坐定天下、分封诸将时，樊哙得以封侯。

接下来，是文章最精彩的部分。作者连用了一组反问句，质疑这个生当万夫之勇的樊侯，小小蜮贼欺负到自己身上，竟不能自保，又哪来的能耐跟无辜百姓发怒呢？这个被后人过度神化的武夫的灵验，既然都不能"庇一躬"，又何以吓唬百姓、祸害农田呢？难道这个樊侯有驱使天力、滥施风暴的能力，要在人间耀武扬威吗？一连串的质疑，理寓于中，生动有趣。是呀，连自己都不能保护的"神"，还有什么灵验呢！文行至此，不待作者回答，读者早已会意了作者破除迷信的深层意图了。这一段不仅构思巧妙，而且极富行文气势。

但欧阳修却还觉得话没说透，他还要科普一下他那个时代关于自然现象的知识。他认为是阴阳不和才会形成雷雨天气，而这一年里，郑地恰好大旱，正应了阳盛阴缺、阴阳失调而起天灾的道理。读到此处，我们不禁哑然失笑，可是，我们实在没有必要去苛责古人的气象学水平！单单是欧阳修能在久旱之后又逢天灾之际，想人民之所想，及时化解百姓的惶惑心理，这行为本身就映现出他居官为民的道德良心了，足以令后世敬仰了。

泷冈阡表①

　　呜呼！惟我皇考崇公②，卜吉于泷冈③之六十年，其子修始克表于其阡。非敢缓也，盖有待也。

　　修不幸，生四岁而孤。太夫人守节自誓④，居穷，自力于衣食，以长以教，俾至于成人。太夫人告之曰："汝父为吏廉，而好施与，喜宾客。其俸禄虽薄，常不使有余，曰'毋以是为我累'。故其亡也，无一瓦之覆、一垄之植，以庇而为生。吾何恃而能自守邪？吾于汝父，知其一二，以有待于汝也。自吾为汝家妇，不及事吾姑⑤，然知汝父之能养也。汝孤而幼，吾不能知汝之必有立，然知汝父之必将有后也。吾之始归也，汝父免于母丧方逾年。岁时祭祀，则必涕泣曰：'祭而丰，不如养之薄也。'间御酒食，则又涕泣曰：'昔常不足而今有余，其何及也！'吾始一二见之，以为新免于丧适然耳。既而，其后常然，至其终身未尝不然。吾虽不及事姑，而以此知汝父之能养也。汝父为吏，尝夜烛治官书，屡废而叹。吾问之，则曰：'此死狱也，我求其生不得尔。'吾曰：'生可求乎？'曰：'求其生而不得，则死者与我皆无恨也，矧[6]求而有得邪？以其有得，则知不求而死者有恨也。夫常求其生犹失之死，而世常求其死也。'回顾乳者抱汝而立于旁，因指而叹曰：'术者谓我岁行在戌将死，使其言然，吾不及见儿之立也，后当以我语告之。'其平居教他子弟，常用此语，吾耳熟焉，故能详也。其施于外事，吾不能知。其居于家，无所矜饰，而所为如此，是真发于中者邪？呜呼！其心厚于仁者邪！此吾知汝父之必将有后也。汝其勉之！夫养不必丰，要于孝；利虽不得博于物，要其心之厚于仁。吾不能教汝，此汝父之志也。"修泣而志之，不敢忘。

先公少孤力学，咸平三年进士及第，为道州判官，泗、绵二州推官，又为泰州判官。享年五十有九，葬沙溪之泷冈。太夫人姓郑氏，考讳德仪，世为江南名族。太夫人恭俭仁爱而有礼，初封福昌县太君，进封乐安、安康、彭城三郡太君。自其家少微时，治其家以俭约，其后常不使过之，曰："吾儿不能苟合于世，俭薄所以居患难也。"其后修贬夷陵[7]，太夫人言笑自若，曰："汝家故贫贱也，吾处之有素矣，汝能安之，吾亦安矣。"

自先公之亡二十年，修始得禄而养。又十有二年，列官于朝，始得赠封其亲。又十年，修为龙图阁直学士、尚书吏部郎中，留守南京。太夫人以疾终于官舍，享年七十有二。又八年，修以非才，入副枢密，遂参政事。又七年而罢。自登二府，天子推恩，褒其三世[8]。故自嘉祐以来，逢国大庆，必加宠锡[9]。皇曾祖府君累赠金紫光禄大夫、太师、中书令，曾祖妣累封楚国太夫人。皇祖府君累赠金紫光禄大夫、太师、中书令兼尚书令，祖妣累封吴国太夫人。皇考崇公累赠金紫光禄大夫、太师、中书令兼尚书令，皇妣累封越国太夫人。今上初郊，皇考赐爵为崇国公，太夫人进号魏国。

于是，小子修泣而言曰："呜呼！为善无不报，而迟速有时，此理之常也。惟我祖考，积善成德，宜享其隆，虽不克有于其躬，而赐爵受封，显荣褒大，实有三朝之锡命。是足以表见于后世，而庇赖其子孙矣。"乃列其世谱，具刻于碑。既，又载我皇考崇公之遗训，太夫人之所以教而有待于修者，并揭于阡。俾知夫小子修之德薄能鲜，遭世窃位，而幸全大节，不辱其先者，其来有自。

熙宁三年岁次庚戌四月辛酉朔十有五日乙亥，男推诚保德崇仁翊戴功臣、观文殿学士、特进、行兵部尚书、知青州军州事、兼管内劝农使、充京东东路安抚使、上柱国、乐安郡开国公、食邑四千三百户、食实封一千二百户修表。

【注释】

①阡表：立于墓道上的石碑文字。阡，墓道。

②皇考崇公：古代父亲死后称作考；皇则是对祖先的尊称。作者在这里用皇考来尊称他的父亲。欧阳修的父亲欧阳观，被追封为崇国公，这里简称崇公。

③泷（shuāng）冈：即今江西永丰县南的凤凰山。

④太夫人守节自誓：这里指欧阳修的母亲郑氏，在其夫欧阳观死后，没有改嫁。

⑤姑：古代妇女称丈夫的母亲为姑。

⑥矧（shěn）：况且。

⑦贬夷陵：指景祐三年（1036），欧阳修因写信斥责高若讷，而被贬夷陵令。

⑧襃其三世：襃奖、追赠三代，即曾祖父母、祖父母、父母三代。

⑨锡：通"赐"。

【赏读】

本文历来被视为欧阳修的代表作，并与韩愈《祭十二郎文》、袁枚《祭妹文》一起，被称为中国古代"三大名祭文"。

我们说这篇《泷冈阡表》是欧阳修精心修撰而成的，

毫不为过。早在皇祐五年（1053），欧阳修送母亲灵柩回吉州安葬时，曾写过《先君墓表》，又过了十七年，欧阳修才最终定稿成现在这个样子。一篇文章，竟然让"一代文宗"欧阳修费了十七年心力才完成，其为文的虔敬与用心，真是溢于言表了。

十七年才完成的追悼文，着实缘于写作上的困难。事实上，父亲去世时，欧阳修才只有四岁，对于父亲的生平德履印象早已模糊。然而，欧阳修最终却克服了这个最大难点，他以其纯熟老道的笔力，给我们形象地展现出其父亲为人与做官的高贵品格。具体说，这篇文章的高明之处有三：其一，避实就虚，以虚衬实。作者因为无法直述父亲行迹，便巧妙地在文中穿插母亲郑氏回忆往事的家常话——说父死家贫，意在反衬父亲平日生活的廉俭；言其思亲之久，意在侧面表现父亲事亲至孝；叹其治狱之仁，意在凸显父亲为官仁厚。以老母所言，代己立意，看似平淡无奇，实则都是作者精心筛选的题材。其二，本文明是追悼父亲，暗则颂扬母亲的贤良淑德，这在文章学里被称为"不写之写"的妙笔。父亲仁厚之心，因母亲的转述而彰显；父亲的遗德，因母亲的坚守而泽被后世。母亲娓娓道来的不仅是父亲的人格，也传达出了她本人的道德人品，因而，林纾曾评价说："文为表其父阡，实则表其母节。"一碑双表，明暗两条线索相互映衬，巧妙地融为一体。其三，全篇行文谦恭平和，情真意切。没有轰轰烈烈的事迹，也没有溢美之词，有的只是极普通的生活琐事和母亲的寻常家话，但这才是极度符合生活实际的文字，才能让人觉得真诚，才会扣动千百年来各阶层读者的心弦。明代薛瑄在《薛文清公读书录》里评价说："……韩文公《祭兄子老成文》、欧阳公《泷冈阡表》，皆所谓出于肺腑者也，故皆不求工而自工。"

十七年才完成这篇千古范文，还缘于欧阳修需要时间去实现自己的人生理想，他想待己显贵、光宗耀祖之后，再给父亲上阡表，用这个阡表来告慰父母英灵。故而，本文开篇就说"非敢缓也，盖有待也"，其中的"待"，实则是统摄全文的题眼。正文里，作者反复借母亲之口，提到"知汝父之必将有后也"，就是顺承开篇欲待子孙光耀门庭之意。结尾处，作者不厌其烦地罗列了自己一大堆官职封爵，相当于告白自己没有辜负父母的期待，同时又是呼应了开篇所谓的"待"字。

通观全文，首尾呼应、开合自然、层次条理、舒徐有致，无论章法、内容、情感、语言，都令人叹服不已。今天，在江西永丰欧阳修故居里，我们还能见到这块墓碑，岁月磨涴了碑面，却磨不掉文字里的道德人情，也带不走千古佳作的无尽韵味。

故霸州文安县主簿苏君墓志铭

有蜀君子曰苏君，讳洵，字明允，眉州眉山[①]人也。君之行义，修于家，信于乡里，闻于蜀之人久矣。当至和、嘉祐之间，与其二子轼、辙[②]，偕至京师，翰林学士欧阳修得其所著书二十二篇，献诸朝。书既出，而公卿士大夫争传之。其二子举进士，皆在高等，亦以文学称于世。

眉山在西南数千里外，一日父子隐然名动京师，而苏氏文章遂擅天下。君之文，博辩宏伟，读者悚然想见其人。既见，而温温[③]似不能言。及即之，与居愈久而愈可爱，间而出其所有，愈叩[④]而愈无穷。呜呼！可谓纯明笃实之君子也。

曾祖讳佑，祖讳杲，父讳序，赠尚书职方员外郎，三世皆不显。职方君三子，曰澹、曰涣，皆以文学举进士。而君少，独不喜学，年已壮，犹不知书，职方君纵而不问，乡间亲族皆怪之。或问其故，职方君[⑤]笑而不答，君亦自如也。年二十七，始大发愤，谢其素所往来少年，闭户读书，为文辞。岁余，举进士，再不中。又举茂材异等[⑥]，不中。退而叹曰："此不足为吾学也。"悉取所为文数百篇焚之，益闭户读书，绝笔不为文辞者五六年，乃大究六经、百家之说，以考质古今治乱成败、圣贤穷达出处之际，得其粹精，涵畜充溢，抑而不发。久之，慨然曰："可矣。"由是下笔，顷刻数千言，其纵横上下，出入驰骤，必造于深微而后止。盖其禀也厚，故发之迟；志也悫[⑦]，故得之精。自来京师，一时后生学者皆尊其贤，学其文以为师法，以其父子俱知名，故号"老苏"以别之。

初，修为上其书，召试紫微阁[⑧]，辞不至，遂除试秘书省校书郎。会太常修纂建隆以来礼书，乃以为霸州文安县主簿，使食其禄，与陈州项城县令姚辟[⑨]同修礼书，为《太常因革礼》一百卷。书成，方奏未报，而君以疾卒，实治平三年四月戊甲也，享年五十有八。天子闻而哀之，特赠光禄寺丞，敕有司具舟，载其丧归于蜀。

君娶程氏，大理寺丞文应之女。生三子：曰景先，早卒；轼，今为殿中丞、直史馆；辙，权大名府推官。三女皆早卒。孙曰迈、曰迟。有文集二十卷，《谥法》三卷。

君善与人交，急人患难，死则恤养其孤，乡人多德之。盖晚而好《易》，曰："《易》之道深矣，汩[⑩]而不明者，诸儒以附会之说乱之也，去之，则圣人之旨见矣。"作《易传》，未成而卒。治平四年十月壬申，葬于彭山之安镇乡可龙里。

君生于远方，而学又晚成，常叹曰："知我者，惟吾父与欧阳公也。"然则非余谁宜铭？铭曰：苏显唐世，实栾城人[⑪]。以宦留眉，蕃蕃子孙。自其高曾，乡里称仁。伟欤明允，大发于文。亦既有文，而又有子。其存不朽，其嗣弥昌。呜呼明允，可谓不亡。

【注释】

①眉山：旧城在今四川眉山市彭山区西南。

②轼、辙：轼，苏轼（1037～1101），字子瞻，又字和仲，号东坡居士，世称苏东坡。北宋眉州眉山（今属四川）人。北宋著名文学家、书法家、画家。宋高宗时追赠太师，谥号"文忠"。辙，苏辙（1039～1112），字子由。嘉祐二年（1057）与其兄苏轼同登进士科。死后追复端明殿学士，谥文定。唐宋八大家之一，与父洵、兄轼合称三苏。

③温温：语出《诗经·小雅·小宛》"温温恭人"，形容人平和温雅的样子。

④叩：问难，追究。

⑤职方君：指苏序，苏洵的父亲。

⑥茂材异等：宋代进士科以外的制科名。

⑦悫（què）：诚实，笃诚。

⑧紫微阁：中书省的办事地方。

⑨姚辟：字子张，金坛（今江苏省常州市金坛区）人。宋散文家。

⑩汩（gǔ）：混乱。

⑪苏显唐世，实栾城人：据《苏氏族谱》记载，"唐神龙初，长史苏味道刺眉州，卒于官。一子留于眉，眉之有苏氏自此始"。而苏味道祖籍栾城（今河北石家庄市栾城区东南）。

【赏读】

苏洵卒于治平三年（1066），第二年，受苏轼、苏辙兄弟的请托，欧阳修为苏洵撰写了这篇墓志铭。

文学史上著名的"三苏"，指的就是苏洵与他的儿子苏轼、苏辙，而这父子三人，全是欧阳修提挈与奖掖的。姑且不说苏轼、苏辙兄弟是欧阳修在嘉祐二年（1057）知贡举时录取的进士，就连年近半百的苏洵，最初也因为欧阳修激赏其文章，代为奏请皇帝，才谋了个霸州文安县主簿的头衔。足见，欧阳修于苏氏父子，俱有知遇之恩。对于此情此恩，苏洵没齿不忘，他慨叹说此生

"知我者，惟吾父与欧阳公也"。其实，欧阳修只比苏洵大两岁，但苏洵竟将其与父亲并举，言下之意，是欧阳修对自己乃至家族的发展，有再造之恩。

在欧阳修的心目中，这位"与居愈久而愈可爱"的苏老泉，德行高尚，真性情，有文采，二人间颇有惺惺惜惺惺的味道。故而，在这篇墓志铭里，欧阳修重点强调苏洵的品德、才能、文章与学识几个方面。这样谋篇，既能恰切地突显出苏洵的人生闪光点，为后世描画出一个"纯明笃实之君子"形象，同时又巧妙地规避了苏洵一生没有功名事业可述的尴尬。文章如此构思，可谓很高明了。另外，欧阳修不厌其烦地缕述苏洵一生的学行德履，他也是想表达成名不在于早晚。他说："其禀也厚，故发之迟；志也悫，故得之精。"一个人若想在盖棺定论时能如苏洵这样"声名不朽"，根本上还是要好好修身、立德、笃学。

卷五　生死哀乐　愁绪满怀无处诉

暮入门兮迎我笑，朝出门兮牵我衣。

戏我怀兮走而驰。且不觉夜兮不知四时。

忽然不见兮一日千思，日难度兮何长！

述梦赋

　　夫君①去我而何之乎？时节逝兮如波。昔共处兮堂上，忽独弃兮山阿。

　　呜呼！人羡久生，生不可久，死其奈何！死不可复，惟可以哭。病予喉使不得哭兮，况欲施乎其他？愤既不得与声而俱发兮，独饮恨而悲歌。歌不成兮断绝，泪疾下兮滂沱。

　　行求兮不可过，坐思兮不知处。可见惟梦兮，奈寐少而寤多。或十寐而一见兮，又若有而若无；乍若去而若来，忽若亲而若疏。杳兮倏兮，犹胜于不见兮，愿此梦之须臾。尺蠖怜予兮为之不动，飞蝇闵予兮为之无声，冀驻君兮可久，恍予梦之先惊。梦一断兮魂立断，空堂耿耿兮华灯。世之言曰：死者澌②也。今之来兮，是也非也？又曰：觉之所得者为实，梦之所得者为想。苟一慰乎予心，又何较乎真妄？

　　绿发兮思君而白，丰肌兮以君而瘠。君之意兮不可忘，何憔悴而云惜。愿日之疾兮，愿月之迟，夜长于昼兮，无有四时。惟音容之远矣，于恍惚以求之。

【注释】

①君：指欧阳修的第一任妻子胥氏，翰林学士胥偃的女儿。

②澌（sī）：尽，消失。

【赏读】

这是一篇悼亡杰作，是欧阳修给亡妻胥氏写的。

胥氏本是翰林学士胥偃的女儿，她与欧阳修的缘分，起于天圣六年（1028）。欧阳修科场失败，无奈之下，他鼓起勇气去谒见大学士胥偃，请求给予指导。出乎意料的是，胥偃极为赏识欧阳修的文才，并认定其必成大器。经胥偃保举，欧阳修得以应试开封府国子监，并连中监元、解元和省元。天圣八年（1030），欧阳修以殿试甲科十四名及第，得授将仕郎、试秘书省校书郎，充西京洛阳留守推官。金榜题名的同时，他还收获了与胥氏的美满姻缘。宋代素有"榜下择婿"的风俗，欧阳修刚中进士，就被恩师胥偃择定为女婿。天圣九年（1031），欧阳修到洛阳赴任，娶胥氏为妻。胥氏端庄贤惠，虽出身大家名门，却没有丝毫忸怩作态的小姐脾气，这让欧阳修更加疼爱胥氏，小夫妻的感情极好。

　　然而，天有不测风云。结婚不到两年，胥氏便在明道二年（1033），因产后卧病，不治而终，年仅十七岁，身后留下一个刚出生的儿子，这孩子也不满月就夭折了。接连遭到生离死别打击的欧阳修，无法接受如此残酷的现实，他痛断肝肠，用饱蘸血泪的笔墨，追记了自己这段刻骨铭心的爱情，抒发了对爱妻骤然去世的无尽哀思。

　　文章开篇，作者便发问道："夫君去我而何之乎？""昔共处兮堂上"，而现在却"独弃兮山阿"，由此给读者呈现了生死两隔的凄凉景象。紧接着，作者哀悼爱妻的生命短暂，他痛哭，哭到喉咙都哑了。便悲歌，但悲歌也难成，唯有滂沱无声的泪水，止不住地流。"愤既不得与声而俱发兮，独饮恨而悲歌。歌不成兮断绝，泪疾下兮滂沱"，层层递进，将悲痛之情推向顶峰。

　　情之所至，金石为开。作者巧妙地使用移情手法，他写尺蠖、飞蝇都被这至深的爱情所感动，竟"为之不动，为之无声"。难道这些无情感的小虫子真的不动、无声了吗？当然不是，这其实是作者暗写他自己沉浸在重度悲哀中，无法自拔，此时整个周遭环境，都仿佛凝固了一样。思念之情，无法排遣，作者便转而求诸梦境。梦中爱妻的形象飘忽不定，若隐若现，恍惚之间，作者的梦又惊醒了。作者写道："梦一断兮魂立断，空堂耿耿兮华灯。"这里，表面上是用空堂上明亮的华灯，反衬梦境的黯然与渺远，实则是暗用光线上的反差，凸显自己情感的巨大落差。试想梦中爱妻乍隐乍现的情状，无论如何还是可以给作者一点儿心灵安慰的，但惊醒之后，空堂华灯、形影相吊的苦寂，则是多么残酷地将作者再次打回到现实中来！对于作者来说，他甘愿自欺欺人，甚至连"死者澌也"的常识都否认，自言自语道："苟一慰乎予心，又何较乎真妄。"

最后，作者说，自己宁愿黑发变白、憔悴消瘦，也希望黑夜变长、白天缩短，以求有更多的时间与爱妻在梦里相聚。这貌似不合实际的想法，却恰恰表明了夫妻间的真爱。人世间，无原则的乃至没理智的爱，才是纯粹的爱。

本文通篇采用第二人称手法，视死犹生，如泣如诉，句句摄人心魄，感人肺腑，让人百读不厌，堪称千古悼亡杰作。

黄杨树子赋并序

夷陵山谷间多黄杨树子，江行过绝险处，时时从舟中望见之，郁郁山际，有可爱之色。独念此树生穷僻，不得依君子封殖备爱赏，而樵夫野老又不知甚惜，作小赋以歌之。

若夫汉武之宫，丛生五柞①；景阳之井，对植双桐②。高秋羽猎之骑，半夜严妆之钟。风盖朝拂，银床暮空③。固已葳蕤④近日，的皪⑤含风，婆娑万户之侧，生长深宫之中。

岂知绿藓青苔，苍崖翠壁，枝翁郁以含雾，根屈盘而带石。落落非松，亭亭似柏，上临千仞之盘薄，下有惊湍之溃激⑥。涧断无路，林高暝色，偏依最险之处，独立无人之迹。江已转而犹见，峰渐回而稍隔。嗟乎！日薄云昏，烟霏露滴。负劲节以谁赏，抱孤心而谁识？徒以窦穴风吹，阴崖雪积，哢山鸟之嘲哳⑦，袅惊猿之寂历。无游女兮长攀，有行人兮暂息。节既晚而愈茂，岁已寒而不易。乃知张骞一见，须移海上之根⑧；陆凯如逢，堪寄陇头之客⑨。

【注释】

①汉武之宫，丛生五柞：汉武帝时的宫殿名，因有五棵柞树，故名之。

②景阳之井，对植双桐：南朝陈景阳殿外的井名，又名胭脂井，井边栽种两棵梧桐树。

③凤盖朝拂，银床暮空：是说那些受人们眷顾的树木，待遇很好。凤盖，皇帝仪仗，上面饰有凤凰图案。银床，辘轳架子。

④葳蕤（wēi ruí）：草木茂盛的样子。

⑤的皪（dì lì）：鲜明显著的样子。

⑥渍（pēn）激：喷涌激荡。

⑦哢（lòng）山鸟之嘲哳（zhāo zhā）：哢，（鸟）鸣。嘲哳，形容声音嘈杂。这里指鸟众多，嘈杂的声音。

⑧张骞一见，须移海上之根：张骞（？～前114），西汉汉中成固（今陕西城固东）人，分别在建元二年（前139）和元狩四年（前119）先后两次出使西域。张骞出使西域，带了很多西域特产回到中原。本文这句是说，如果张骞看到黄杨树子，也会因它的独特而将其带回中原栽种的。

⑨陆凯如逢，堪寄陇头之客：陆凯与范晔交情深，

曾折江南梅花一枝，寄予范晔，并题写赠花诗："折梅逢驿使，寄与陇头人。江南无所有，聊赠一枝春"。本文这句是说，陆凯如果见到夷陵的黄杨树子，肯定会当成罕见的珍品赠给友人的。

【赏读】

欧阳修初贬夷陵时，见三峡绝险处郁郁葱葱的黄杨树，触景生情，写下了此篇抒情短赋。

黄杨树子，即黄杨树，因植株矮小，遭人蔑视，故人们多在其名称后面缀以"子"字。此树虽然其貌不扬，也不得人们优待，但却被欧阳修格外赏识。与长在皇宫里或千家万户院子里的名优树种不同，黄杨树的生命力极为顽强，它能在"上临千仞之盘薄，下有惊湍之溃激"的险境里，淡定独立地活下去。这种"偏依最险之处，独立无人之迹"的坚毅与处变不惊的态度，引发了作者深深的共鸣。他赞美黄杨树"节既晚而愈茂，岁已寒而不易"的品格，同时也悲愤其"负劲节以谁赏，抱孤心而谁识"！

欧阳修本是极不喜欢作骈文的，因为不愿意作骈文，他甚至推辞不就范仲淹军中的掌书记一职。但是在这里，他却愿意费心思琢磨偶对、声韵、典故等技巧，为黄杨树写一篇小赋。其中最重要的原因在于，黄杨树"负劲节""抱孤心",岁寒而弥坚的品性,给了作者深刻的启示与人生动力。本文明是为黄杨树抱不平,暗则是作者勉励自己坚守正道。全文借黄杨树言志,黄杨树堪称欧阳修的传神写照。

山中之乐并序

　　佛者慧勤①，余杭人也。少去父母，长无妻子。以衣食于佛之徒，往来京师二十年。其人聪明才智，亦尝学问于贤士大夫。今其南归，遂将穷极吴、越、瓯、闽江湖海上之诸山，以肆其所适。予嘉其尝有闻于吾人也，于其行也，为作《山中之乐》三章，极道山林间事，以动荡其心意，而卒反之于正。其辞曰：

　　江上山兮海上峰，蔼青苍兮杳巑②丛，霞飞雾散兮邈乎青空。天镜③鬼削兮壁立于鸿蒙④，崖悬磴⑤绝兮险且穷。穿云渡水兮忽得路，而不知其深之几重。中有平田广谷兮与世隔绝，犹有太古之遗风。泉甘土肥兮鸟兽雍雍⑥，其人麋鹿兮既寿而丰。不知人间之几时兮，但见草木华落为春冬。嗟世之人兮，曷不归来乎山中？山中之乐不可见，今子其往兮谁逢？

　　丹茎翠蔓兮岩壑玲珑，水声聒聒兮花气濛濛。石巉巉⑦兮横路，风飒飒兮吹松。云冥冥兮雨霏霏，白猿夜啸兮青枫。朝日出兮林间，涧谷纷以青红。千林静兮秋月，百草香兮春风。嗟世之人兮，曷不归来乎山中？山中之乐不可得，今子其往兮谁从？

　　梯崖构险兮佛庙仙宫，耀空山兮郁穹隆⑧。彼之人兮，固亦目明而耳聪。宠辱不干其虑兮，仁义不被其躬。荫长松之蓊⑨蔚兮，藉纤草之丰茸。苟其中以自足兮，忘其服胡而颠童。自古智能魁杰之士兮，固亦绝世而逃踪。惜天材之甚良兮，而自弃于无庸。嗟彼之人兮，胡为老乎山中？山中之乐不可久，迟子之返兮谁同？

【注释】

　　①慧勤：即佛鉴慧勤禅师，五祖法演禅师之法嗣，与欧阳修相知。

　　②巑（cuán）：山耸立的样子。

　　③镵（chán）：凿，刺。

　　④鸿蒙：混沌、浑噩状态。

　　⑤磴（dèng）：石头台阶。

　　⑥雍（yōng）雍：鸟的和鸣声。

　　⑦巉（chán）巉：形容山势峭拔险峻。

　　⑧穹隆：中间高，四周低，古人用以形容天的形状。

　　⑨蓊（wěng）：草木茂盛。

【赏读】

宋代佛教发达，吸引了大批人才涌入佛门，张方平就曾因这种情况而感叹"儒门淡泊，收拾不住，皆归释氏"。在本文里，欧阳修送别的这位慧勤，勤奋好学，多才多艺，聪明绝顶又无意于世间宠辱，堪称"智能魁杰之士"。欧阳修非常欣赏慧勤的才能，故而，临别离之际，他特地写此专文留念。

本文属送别文，是赠序一类。正文三个自然段，全用赋体写成。第一段，极写山中生活"与世隔绝"，真乃世外桃源，但结句却陡然一转，说到这山中之乐，其实世间并"不可见"，并问道"今子其往兮谁逢"？言下之意是世外桃源里压根就没有实实在在的人。第二段，写山中景色，秀丽宜人，这也是世俗人间所没有的，但作者马上就说，其实这山中之乐根本就是"不可得"的，并问道"今子其往兮谁从"？这分明是诘难慧勤，为什么山中如此乐，但却没有人随你一同去呢？第三段，写山中之人无牵无挂、无宠无惊，心态怡然。诚然，这虽是世间人所无法比拟的境界，但作者接着便来了一句，这山中之乐，其实"不可久"，并追问说"迟子之返兮谁同"？言外之意是你如果醒悟晚了，可就没有人陪你同行了。

　　欧阳修一生推崇儒学，他深感人才枉费的可惜，诚挚希望慧勤还俗归世、济世救民。在另外一首赠给慧勤的诗里，他说："始知仁义力，可以治膏肓。有志诚可乐，及时宜自强。"这已是非常鲜明地劝慧勤弃佛归儒了。不过，在这篇赠序里，欧阳修把这层意思写得非常委婉，他只用设问句来启发对方，再配以全篇的骈体行文，这就更让人觉得文情回环往复、言有尽而意无穷。

螟蛉赋并序

　　《诗》曰："螟蛉有子，蜾蠃负之①。"言非其类也，及扬子②《法言》又称焉。嗟夫！螟蛉一虫尔，非有心于孝义也，能以非类继之为子，羽毛形性不相异也。今夫为人，父母生之，养育劬劳③，非为异类也。乃有不能继其父之业者，儒家之子卒为商，世家之子卒为皂隶④。呜呼！所谓螟蛉之不若也！作《螟蛉赋》，词曰：

　　爰有桑虫，实曰螟蛉。与夫蜾蠃，异类殊形。负以为子，祝之以声。其子感之，朝夕而成。嗟夫人子，父母所生。父祝之言，子莫之听，父传之业，子莫克承。父没母死，身覆位倾。呜呼为人，孰与虫灵？人不如虫，曷以人称！

【注释】

　　①螟蛉（míng líng）有子，蜾蠃（guǒ luǒ）负之：出自《诗经·小雅·小宛》。螟蛉是一种绿色小虫，蜾蠃

是一种寄生蜂。古人误认为螟蠃不产子，喂养螟蛉为子，因此用螟蛉比喻义子。

②扬子：扬雄（前53~18），字子云，蜀郡成都（今四川成都）人。西汉官吏、学者。少好学，口吃，博览群书，长于辞赋。成帝时任给事黄门郎。王莽时任大夫，校书天禄阁。扬雄是继司马相如之后西汉最著名的辞赋家。仿《论语》作《法言》，仿《易经》作《太玄》，在文学技巧上继承了先秦诸子的一些优点，语约义丰，主张文学应当宗经、征圣，以儒家著作为典范。

③劬（qú）劳：劳苦。

④皂隶：古代衙门里的差役。

【赏读】

古人对自然的认知有限，他们普遍以为螟蠃因为不产子，才把螟蛉的幼虫叼回巢里喂养，这样做的目的是为了收养一个孩子，而螟蛉也因此心甘情愿地做螟蠃的义子。古人由此，渲染父爱及子孝的人伦关系。具体说到"孝"，孔子认为，"夫孝者，善继人之志，善继人之事也"，意思就是说子对父的孝敬，应该体现在继承先人之志，完善祖业方面。

也许是出于对世间"有不能继其父之业者，儒家之子卒为商，世家之子卒为皂隶"的感慨，欧阳修作了这篇《螟蛉赋》，意在托物比类，表达人生在世，如果不听父母之言，不能克承祖业，就算不上是父母的儿子，甚至都不如一只螟蛉小虫。

应该说，儒家的孝悌思想已经内化到了欧阳修的灵魂深处，事实上，他一生都在执着地践行着儒家思想，他的公正廉明、克勤克俭、百折不挠的奋斗精神，都得自于父母的训诫与熏陶。因而，本文实质也是希望儒学传家，有训示后来者的意味。

哭女师①

　　暮入门兮迎我笑，朝出门兮牵我衣，戏我怀兮走而驰。且不觉夜兮不知四时。忽然不见兮一日千思，日难度兮何长，夜不寐兮何迟！暮入门兮何望，朝出门兮何之？恍疑在兮杳难追，髡两毛②兮秀双眉。不可见兮如酒醒睡觉，追惟梦醉之时。八年几日兮百岁难期，于汝有顷刻之爱兮，使我有终身之悲。

【注释】

　　①女师：欧阳修的女儿，名欧阳师。

　　②髡（kūn）两毛：孩子头上扎两个小辫，辫子周围的毛发剃去。

【赏读】

　　庆历五年（1045）夏秋之交，欧阳修的八岁小女儿欧阳师病故了。中年丧女，这令欧阳修肝肠寸断，他写下了这篇饱含着血泪的伤逝之辞。

作者故意没有直述愁肠，而是选取了女儿生前的一组镜头，来向我们展现父亲对女儿的深深疼爱，以及女儿对父亲的无限依恋。"暮入门兮迎我笑，朝出门兮牵我衣，戏我怀兮走而驰"，多么融洽亲密的父女关系！可是，这一切都不可能再重现了，此时，唯有处在梦与醉的状态，才能让欧阳修恍恍惚惚再见到女儿"髧两毛兮秀双眉"的可爱模样。梦里女儿那依稀可爱的模样，更令欧阳修悲情难抑，他极度自责，"于汝有顷刻之爱兮，使我有终身之悲"，做父亲的，感觉自己过去给女儿的爱实在太少了，只能算是"顷刻之爱"，现在却是物是人非事事休，想去弥补都没有机会，这成为了欧阳修的终生憾恨！

元初刘壎评此赋是"悲哀遣卷（缱绻），殆骨肉之情不能忘邪"！事实上，本文哀婉悱恻，不仅因为内容凄切感人，还由于整篇文章几乎句句用了"兮"字，这样的反复咏叹，很自然地营造出一种回环往复、缠绵哀婉氛围。

秋声赋

　　欧阳子①方夜读书，闻有声自西南来者，悚然而听之，曰："异哉！"初淅沥以萧飒，忽奔腾而砰湃②，如波涛夜惊，风雨骤至。其触于物也，鏦鏦铮铮③，金铁皆鸣；又如赴敌之兵，衔枚疾走④，不闻号令，但闻人马之行声。余谓童子："此何声也？汝出视之。"童子曰："星月皎洁，明河在天，四无人声，声在树间。"

　　余曰："噫嘻，悲哉！此秋声也。胡为而来哉？盖夫秋之为状也：其色惨淡，烟霏云敛；其容清明，天高日晶；其气栗冽，砭人肌骨；其意萧条，山川寂寥。故其为声也，凄凄切切，呼号愤发。丰草绿缛而争茂，佳木葱茏而可悦，草拂之而色变，木遭之而叶脱。其所以摧败零落者，乃其一气之余烈。夫秋，刑官⑤也，于时为阴⑥；又兵象也，于行为金。是谓天地之义气，常以肃杀而为心。天之于物，春生秋实，故其在乐也，商声⑦主西方之音，夷则为七月之律⑧。商，伤也，物既老而悲伤；夷，戮也，物过盛而当杀。"

"嗟乎！草木无情，有时飘零。人为动物，惟物之灵；百忧感其心，万事劳其形，有动于中，必摇其精。而况思其力之所不及，忧其智之所不能，宜其渥⑨然丹者为槁木，黟⑩然黑者为星星⑪。奈何以非金石之质，欲与草木而争荣？念谁为之戕贼，亦何恨乎秋声⑫！"

童子莫对，垂头而睡。但闻四壁虫声唧唧，如助余之叹息。

【注释】

①欧阳子：欧阳修自称。

②砰湃（pēng pài）：同澎湃，波涛激荡的声音。

③鏦（cōng）鏦铮铮：金铁撞击声。

④衔枚疾走：古代秘密行军，因为害怕弄出声音，故令士兵口中衔着像筷子一样的东西，悄悄前进。

⑤刑官：《周礼》中将掌刑的官称作秋官。

⑥于时为阴：《汉书·律历志》中有"秋为阴中，万物以成"。古人用阴阳二气来配春夏秋冬四季。于时，于四时之中。

⑦商声：宫商角徵羽五声之一。古代用五声配合四时，商为西方属秋，角为东方属春，徵为南方属夏，羽为北方属冬，宫居中央属季夏。

⑧夷则为七月之律：夷则，十二乐律名之一，古人

用十二乐律配合十二个月，其中夷则配七月。

⑨渥（wò）：沾湿，沾润。

⑩黟（yī）：黑色。

⑪星星：这里形容须发花白。左思《白发赋》里有"星星白发，生于鬓垂"句。

⑫念谁为之戕贼，亦何恨乎秋声：这里是说人和草木不同，草木凋零，尚且可以怨恨是秋天残害，但人因为忧劳太甚而摧残了自己，就跟秋天一点关系都没有了。

【赏读】

此赋作于嘉祐四年（1059），作者时年53岁，仕途颠簸近三十年，此时的欧阳修身心俱疲，自认为已进入了人生的秋天。因而，他会对自然之秋异常敏感，发而为文，满纸秋怀。

本来，秋声无形，难以捉摸言状，但欧阳修却能独辟蹊径。他描摹深夜窗外的声音时而小时而大、时而显时而隐，以此引发读者的探索兴致，接着采用问答形式，以一句"悲哉！此秋声也"给出答案。而后，作者由秋声进而写"秋之为状"，他分别从色、容、气、意四个方面，描绘出自然界的秋天是"其色惨淡""其容清明""其气栗冽""其意萧条"。正是由于作者的心绪灰暗凄凉，所以他笔下的秋状也是清冷、萧瑟的，这也正好从另一个角度烘托出秋声之悲的主题。最后，作者又探讨了一下秋之"所以摧败零落者"，原因在于秋"常以肃杀而为心"，并用刑官、兵象、音乐作了比附，以象征的手法，表达秋之为心肃杀，故万物逢秋而兴悲。

作者从秋声、秋状、秋心三个方面，摄秋之魂、言秋之质，意在抒发悲秋之情。草木逢秋尚且飘零，何况万物之灵的人类，闻此秋声、见此秋状、想此秋心，能无悲乎？那么，到底是什么让作者"百忧感其心，万事劳其形，有动于中，必摇其精"呢？事实上，嘉祐年间，欧阳修的官阶不断升迁，但他的内心却非常苦闷，"庆历新政"失败的阴影，始终笼罩在作者心头，让他深陷无法排遣又难以名状的彷徨抑郁之中。深夜，因物起兴，欧阳修再次陷入对人生的深刻思考和对世道的无限叹息中，而结尾一句"童子莫对，垂头而睡。但闻四壁虫声唧唧，如助余之叹息"，将智者忧思之深，与俗物默然自处，作了鲜明对比，其中暗含了作者无尽的人生伤感与无奈。

悲秋是个古老的文学主题，晋代潘岳就曾写过《秋兴赋》，但比较起来，欧阳修这篇《秋声赋》"状难写之景，如在目前；含不尽之意，见于言外"，其以秋声写秋韵，因物起兴，将景、情、理三者紧密交融在一起，绝非前代悲秋之作所能比拟。更兼形式上，此赋虽用散体，但字句严整、词采丰赡、音韵铿锵，实为辞赋中的神品。

憎苍蝇赋

苍蝇，苍蝇，吾嗟尔之为生！既无蜂虿①之毒尾，又无蚊虻之利嘴。幸不为人之畏，胡不为人之喜？尔形至眇，尔欲易盈，杯盂残沥，砧几余腥，所希杪忽②，过则难胜。苦何求而不足，乃终日而营营？逐气寻香，无处不到，顷刻而集，谁相告报？其在物也虽微，其为害也至要。

若乃华榱③广厦，珍簟④方床，炎风之燠⑤，夏日之长，神昏气蹙，流汗成浆，委四支而莫举，眊⑥两目其茫洋。惟高枕之一觉，冀烦歊⑦之暂忘。念于尔而何负，乃于吾而见殃？寻头扑面，入袖穿裳，或集眉端，或沿眼眶，目欲瞑而复警，臂已痹而犹攘。于此之时，孔子何由见周公于仿佛，庄生安得与蝴蝶而飞扬⑧？徒使苍头⑨丫髻，巨扇挥飏，咸头垂而腕脱，每立寐而颠僵。此其为害者一也。

又如峻宇高堂，嘉宾上客，沽酒市脯，铺筵设席。聊娱一日之余闲，奈尔众多之莫敌！或集器皿，或屯几格。或醉醇酎⑩，因之没溺；或投热羹，遂丧其魄。谅虽死而不悔，亦可戒夫贪得。尤忌赤头，号为景迹⑪，一有沾污，人皆不食。奈何引类呼朋，摇头鼓翼，聚散倏忽，往来络绎。方其宾主献酬⑫，衣冠俨饰，使吾挥手顿足，改容失色。于此之时，王衍⑬何暇于清谈，贾谊⑭堪为之太息！此其为害者二也。

又如醢醯⑮之品，酱肉之制，及时月而收藏，谨瓶罂⑯之固济，乃众力以攻钻，极百端而窥觎。至于大戤⑰肥牲，嘉肴美味，盖藏稍露于罅隙，守者或时而假寐，才稍怠于防严，已辄遗其种类。莫不养息蕃滋，淋漓败坏。使亲朋卒至，索尔以无欢；臧获⑱怀忧，因之而得罪。此其为害者三也。

是皆大者，余悉难名。呜呼！《止棘》之诗⑲，垂之六经，于此见诗人之博物，比兴之为精。宜乎以尔刺谗人之乱国，诚可嫉而可憎！

【注释】

①虿（chài）：蝎子一类的毒虫，尾部末端有毒钩。

②杪（miǎo）忽：极其微小。杪，通“渺”。

③华榱（cuī）：雕画的室椽。榱，椽子。

④珍簟（diàn）：精美的席子。簟，竹席。

⑤燠（yù）：热。

⑥眊（mào）：眼睛看不清楚，眼花。

⑦歊（xiāo）：炎热。

⑧孔子何由见周公于仿佛，庄生安得与蝴蝶而飞扬：分别出自两个典故。第一个出于《论语·述而》，"子曰：甚矣吾衰也，久矣吾不复梦见周公"，意思是说难以入睡，好梦不成。第二个出于《庄子·齐物论》，"昔者庄周梦为蝴蝶，栩栩然蝴蝶也；自喻适志与，不知周也"，意思是说庄周梦里变为蝴蝶，自适怡然，以至于忘了自己到底是庄周还是蝴蝶。文中引用这两个典故，意在说明苍蝇扰攘可恶，不让人睡安稳觉。

⑨苍头：奴仆。

⑩醇酎（zhòu）：味厚的美酒。

⑪景迹：赤头蝇的别名。

⑫献酬：敬酒。

⑬王衍（256~311）：字夷甫，琅邪临沂（今山东临沂市北）人。西晋时期著名清谈家，西晋末年重臣。王衍外表清明俊秀，风姿安详文雅，喜好老庄学说，颇有时名。步入仕途后，历任黄门侍郎、尚书令、司空、太尉等职。王衍位高权重，却不思为国，专谋自保。永嘉五年（311），东海王司马越去世，王衍为石勒所俘获，

并劝其称帝，石勒大怒，将王衍杀害，王衍终年五十六岁。

⑭贾谊（前200～前168）：洛阳（今河南洛阳）人，西汉初年著名政论家、文学家，世称贾生。贾谊少有才名，十八岁时，以善文为郡人所称。文帝初召为博士，不久迁太中大夫，受大臣周勃、灌婴等排挤，谪为长沙王太傅，故后世亦称贾长沙、贾太傅。迁为梁怀王太傅。以怀才不遇，抑郁而亡。所著政论《陈政事疏》《过秦论》等，为西汉鸿文。有《新书》《贾长沙集》。

⑮醯醢（xī hǎi）：用鱼和肉做成的肉酱。醯，醋，因调制成肉酱必用盐醋等，故称。

⑯瓶罂（yīng）：古代小口大腹的酒器。

⑰大胾（zì）：大块肉。

⑱臧获：奴婢。

⑲《止棘》之诗：指的是《诗经·小雅·青蝇》这首诗。全文为："营营青蝇，止于樊。岂弟君子，无信谗言。营营青蝇，止于棘。谗人罔极，交乱四国。营营青蝇，止于榛。谗人罔极，构我二人。"郑玄笺："蝇之为虫，污白使黑，污黑使白。喻佞人变乱善恶也。"

【赏读】

这是一篇托物咏怀的散赋，作于治平三年（1066）。

　　本文题旨非常明确，就是憎恶苍蝇，作者认为“其在物也虽微，其为害也至要”，并列举了苍蝇的三大罪状：其一，无故扰攘，使人不得安闲。其二，摇头鼓噪，终日营营，且死不改悔。其三，见利起意，贪得无厌，令人防不胜防。这三方面劣迹，将苍蝇卑鄙龌龊、令人憎恶的嘴脸刻画得淋漓尽致，但作者还嫌话说得不透，在篇末又引《止棘》一诗，表明文章意在譬喻那些颠倒黑白的谗佞小人，着实“可嫉而可憎”。

　　我们可以推想出欧阳修当年是忍无可忍，才愤而成篇的。事实上，他所憎恶的“苍蝇”，是指台谏派大臣。宋英宗时有一场对生父濮安懿王称呼的争论。以韩琦、欧阳修为代表的中书省主张尊濮安懿王为“皇考”，而以吕诲、范纯仁、吕大防为代表的台谏派，主张尊濮安懿王为“皇伯”，双方争执不下，相互攻讦。到后来，台谏派哄然群诋欧阳修“首开邪议”，并将全部矛头都对准了欧阳修。正是在这样的情况下，欧阳修写了这篇《憎苍蝇赋》，发泄心中郁结。全文用苍蝇作为喻体，讽刺台谏派大臣颠倒是非、诬陷忠良。康熙在《御制文集》（卷二六）指出“欧阳修《憎苍蝇赋》，题虽小，喻谗人乱国，意极深长”，此为定评，康熙真不愧为欧阳修的异代知己了。

祭叔父文

维年月日，具官侄修谨以清酌庶羞之奠，致祭于十四叔①都官之灵曰：

昔官夷陵②，有罪之罚；今位于朝，而参谏列③。荣辱虽异，实皆羁绁，使修哭不及丧，而葬不临穴。孩童孤艰，哺养提挈。昊天之报，于义何阙？惟其报者，庶几大节。尚飨！

【注释】

①十四叔：欧阳晔（959～1037），字日华，吉州庐陵（今江西吉安）人，欧阳观的亲弟弟，欧阳修的叔父。宋真宗咸平三年（1000）考中进士，历知崇阳县、桂阳监，以都官员外郎知黄州、永州，皆有能政，尤善决狱。修幼孤，依晔而长。

②昔官夷陵：指景祐三年（1036）范仲淹因触怒宰相吕夷简而被贬知饶州，身居谏职的高若讷附和吕夷简，

认为范仲淹该接受此处罚。欧阳修当即致书高若讷，切责其"不复知人间有羞耻事"，而遭贬为夷陵令。

③今位于朝，而参谏列：这篇祭文大概作于庆历四年（1044）。在庆历三年（1043），欧阳修知谏院，后知制诰，仍供谏职。故而，作者在文中称自己"位于朝""参谏列"。

【赏读】

欧阳修四岁丧父，母亲郑氏只好带着他去湖北随州投奔小叔子欧阳晔。欧阳晔重亲情、有责任心，每月分出一半薪俸给嫂子郑氏，帮助她抚育孩子。且二十年如一日，直到欧阳修步入仕途，能够自立为止。二十年的艰辛，二十年的同甘共苦，此情让欧阳修母子终生感念，以至郑氏教育欧阳修要把叔叔视作父亲，"尔欲识尔父乎？视尔叔父，其状貌起居言笑皆尔父也"。叔叔不仅是欧阳修人生中的大贵人，也第一个预见了欧阳修将来会成大器，他经常勉励嫂子说："嫂无以家贫子幼为念，此奇儿也！不惟起家以大吾门，他日必名重当世。"

叔叔的抚养之恩，欧阳修没齿难忘。按常理说，叔叔养老、病故、送终、下葬，欧阳修都应该以侍父之礼不离左右。然而，天有不测风云，当欧阳晔病重去世，正好赶上欧阳修第一次贬谪。身为罪臣，遭受审查，先去夷陵，后到乾德，皆荒山险僻之地，每日战战兢兢，他不能也不敢为叔父奔丧。就这样，欧阳晔的灵柩暂时停放在随州，多年以后，即庆历四年（1044），当欧阳修再度被朝廷重用，欧阳氏族人才决定将欧阳晔的灵柩下葬。可是，还是不凑巧，在三月十日欧阳晔下葬时，欧阳修正要奉命出使河东路，就这样，欧阳修再次缺席了叔叔的下葬。同年八月，欧阳修因挺身为改革派申辩，遭守旧派的集体攻讦，他担心皇帝盛怒之下，他会葬身新政。因而，欧阳修觉得很有必要在这场政治风暴来临之前，赶快到叔父坟前祭拜一次，弥补一下心中的愧疚，了却这桩人生"憾事"。

匆匆一拜，我们看到这篇祭文写得极简短。先是解释了自己"哭不及丧""葬不临穴"的无奈处境，接着追忆了叔父的教养之恩，最后表达自己在忠孝不能两全的情况下，选择了"庶几大节"的报恩方式。冥冥之中，这大概也暗合了叔父当年的预言。是的，这个"名重当世"的侄子，属于那个社会、那个时代，他已不能顾全家里的"琐事"了。

祭尹师鲁①文

　　维年月日，具官②欧阳修谨以清酌庶羞之奠，祭于亡友师鲁十二兄③之灵曰：

　　嗟乎师鲁！辩足以穷万物，而不能当一狱吏；志可以狭四海，而无所措其一身。穷山之崖，野水之滨，猿猱之窟，麋鹿之群。犹不容于其间兮，遂即万鬼而为邻。

　　嗟乎师鲁！世之恶子之多，未必若爱子者之众。何其穷而至此兮，得非命在乎天而不在乎人！方其奔颠斥逐，困厄艰屯，举世皆冤，而语言未尝以自及；以穷至死，而妻子不见其悲忻。用舍进退，屈伸语默。夫何能然？乃学之力。至其握手为诀，隐几待终，颜色不变，笑言从容。死生之间，既已能通于性命；忧患之至，宜其不累于心胸。自子云逝，善人宜哀；子能自达，予又何悲？惟其师友之益，平生之旧，情之难忘，言不可究。

　　嗟乎师鲁！自古有死，皆归无物。惟圣与贤，虽埋不殁。尤于文章，焯④若星日。子之所为，后世师法。虽嗣子尚幼，未足以付予；而世人藏之，庶可无于坠失。子于众人，最爱予文。寓辞千里，侑此一尊。冀以慰子，闻乎不闻？尚飨⑤！

【注释】

①尹师鲁：尹洙（1001~1047），字师鲁，河南（今河南洛阳）人，世称河南先生。天圣二年（1024）登进士第。历知光泽、伊阳等县。充馆阁校勘，后自愿与范仲淹同贬，谪为郢州酒税。陕西用兵，尹洙起为经略判官。历知泾、渭等州，官至起居舍人、直龙图阁。为部吏所诬讼，贬监均州酒税。有《河南先生文集》。尹洙是欧阳修在政治和文学上的知交。

②具官：唐宋以后，在公私文牍上，常常把应写明的官爵品位简单地写作"具官"，以示谦虚。

③十二兄：古人以家族中同辈男性排行，以示家族人旺。朋友间也多称对方排行，表示亲近。

④焯（zhuō）：明白透彻。

⑤尚飨：祭文通行的结语，意思是希望死者来享用祭品。

【赏读】

庆历七年（1047），尹洙去世，第二年，欧阳修为他写了墓志铭和这篇祭文，表达了对亡友的深切悼念。

这篇祭文逻辑清晰，结构严谨。三个"嗟乎师鲁"分别引领三层意思：第一层，是悲愤尹洙受诬讼贬至均州，而群小仍不依不饶，"犹不容于其间"，以致尹洙赍恨而死。第二层，追忆平生往事，盛赞尹洙的德量与气度，"用舍进退，屈伸语默……死生之间，既已能通于性命；忧患之至，宜其不累于心胸"。第三层，仍循着"声名不朽"的价值观，欧阳修认同尹洙为古今圣贤，即文中所谓"惟圣与贤，虽埋不殁。尤于文章，焯若星日。子之所为，后世师法"。

这篇祭文情深意切，欧阳修倾注了浓厚的感情。他与尹洙"谊兼师友"，对于群小陷害尹洙，致其贬死均州一事，欧阳修愤恨已极。在这篇文章里，他一改"纡徐婉曲"的文风，开篇就毫无顾忌地替亡友破口大骂："穷山之崖，野水之滨，猿猱之窟，麋鹿之群。犹不容于其间！"这一连串的排比句式，不仅增强了行文气势，也彻底撕开了小人的虚伪面纱，向世人告白尹洙冤死的真相。接下来，作者追忆临终诀别时的情景，"至其握手为诀，隐几待终，颜色不变，笑言从容"，一个谦和达观的正直君子的形象，跃然纸上。想到此情此景，欧阳修自愧弗如。本来，欧阳修应是劝慰的角色，但尹君对于生死的淡定，令作者立即感到自己器量的狭隘与处事的无用，

现在他反倒要安慰自己"子能自达，予又何悲"？但是，
作者又怎能无悲！事实上，作者已经悲痛到了极点，以
致"师友之益，平生之旧，情之难忘，言不可究"，这正
是感情太深，非语言所能表达的了。最后，欧阳修还不
忘跟老朋友交代后事，告慰亡者，活着的朋友们都会帮
助孤儿寡母，尽到朋友的责任，并承诺将来，绝不会让
老友这个唯一的儿子坠入庸碌无为者的行列。

　　通观全文，作者的意态是视死犹生的。文章最后，
欧阳修还说："子于众人，最爱予文。寓辞千里，侑此一
尊。"仿佛尹洙还活着，老朋友仍如往日那样，把盏对
酒，谈诗论文。常言道"一生一死，乃见知交"，尹洙若
在天有灵，见平生故交如此真挚相待，他应该可以得到
安慰了。

祭资政范公文[①]

月日，庐陵欧阳修谨以清酌庶羞之奠，致祭于故资政殿学士、尚书户部侍郎范文正公之灵曰：

呜呼公乎！学古居今，持方入圆。丘、轲之艰，其道则然。公曰彼恶，谓公好讦；公曰彼善，谓公树朋。公所勇为，谓公躁进；公有退让，谓公近名。谗人之言，其何可听！先事而斥，群议众排。有事而思，虽仇谓材。毁不吾伤，誉不吾喜。进退有仪，夷行险止。

呜呼公乎！举世之善，谁非公徒？谗人岂多，公志不舒。善不胜恶，岂其然乎？成难毁易，理又然欤？

呜呼公乎！欲坏其栋，先摧桷[②]榱[③]；倾巢破鷇[④]，披折傍枝。害一损百，人谁不罹？谁为党论，是不仁哉！

呜呼公乎！易名谥行，君子之荣。生也何毁，殁也何称？好死恶生，殆非人情。岂其生有所嫉，而死无所争？自公云亡，谤不待辨。愈久愈明，由今可见。

始屈终伸，公其无恨。写怀平生，寓此薄奠。

【注释】

①范公文：范仲淹（989～1052），字希文，苏州吴县（今江苏苏州）人，谥号"文正"，世称范文正公。北宋杰出的思想家、政治家、文学家。有《范文正公集》。

②桷（jué）：方形的椽子。

③榱（cuī）：椽子。

④鷇（kòu）：须要母鸟哺育的雏鸟。

【赏读】

皇祐四年（1052），范仲淹病逝于赴任颍州的途中，范家嘱托欧阳修撰写神道碑文。由于碑志文体重在叙述志主的学行大节，使用春秋笔法，所以限制了欧阳修的感情表达。于是，在这篇祭文里，他激愤慷慨之情，便一发而不可收了。

文章主体四段，叙述了范仲淹德高才大，惹人嫉恨；慨叹奸人搬弄是非，用党论陷害忠良，误国害人；遗憾范仲淹壮志未酬、贬死途中的命运；最后用"谤不待辨，愈久愈明"，讲出了公道自在人心，忠奸不辨自明的道理。

　　欧阳修一生敬重范仲淹，极力支持其主持的"庆历新政"，二人共患难、同进退，彼此深深了解，交谊笃厚。写这篇祭文时，"庆历新政"已失败很多年了，现在新政的主持者也故去了，抚今追昔，欧阳修悲愤不已。他要替范仲淹鸣不平，他憾恨贤能不得进用，他悲叹人生朝露兮，当年的同道好友，如今已是阴阳两隔。最后，欧阳修勉强压制着自己的愤慨，安慰亡者"始屈终伸，公其无恨"。

　　然而，谁能无恨！天地之间有杆秤，世间自有浩然气。莫说当年"庆历新政"的参与者们，就是千载之下的今人，也无不替当年贤良之士的失败，而感到痛心。

祭梅圣俞①文

维嘉祐五年岁次庚子七月丁亥朔九日乙未，具官欧阳修谨率具官吕某、刘某，以清酌庶羞之奠，致祭于亡友圣俞之灵而言曰：

昔始见子，伊川②之上，余仕方初，子年亦壮。读书饮酒，握手相欢，谈辩锋出，贤豪满前。谓言仕宦，所至皆然，但当行乐，何有忧患？子去河南，余贬山峡，三十年间，乖离会合。晚被选擢，滥官朝廷，荐子学舍，吟哦六经。余才过分，可愧非荣；子虽穷厄，日有声名。余狷而刚，中遭多难，气血先耗，发须早变。子心宽易，在险如夷，年实加我，其颜不衰。谓子仁人，自宜多寿；余譬膏火，煎熬岂久？事今反此，理固难知，况于富贵，又可必期？念昔河南，同时一辈，零落之余，惟予子在。子又去我，余存兀然。凡今之游，皆莫余先。纪行琢辞，子宜余责。送终恤孤，则有众力，惟声与泪，独出余臆。尚飨！

【注释】

①梅圣俞：梅尧臣（1002～1060），字圣俞，宣州宣城（今属安徽）人，世称宛陵先生。北宋著名现实主义诗人。为诗主张写实，反对西昆体，所作力求平淡、含蓄，有《宛陵先生文集》《唐载记》《毛诗小传》等。

②伊川：伊河，穿伊阙而入洛阳，在偃师注入洛河。这里代指洛阳。天圣八年（1030），欧阳修以殿试甲科十四名及第，授将仕郎、试秘书省校书郎，充西京洛阳留守推官。后与梅圣俞二人在洛阳初识，并结为至交。

【赏读】

梅尧臣，被誉为宋诗的"开山祖师"，与欧阳修是文章挚友，他们共同推动了宋代诗文革新运动。

嘉祐五年（1060）四月，京师暴发疫情，大概这是一场急性传染病，从梅尧臣发病到不治身亡，仅仅八天时间。老友猝然离世，让欧阳修实在无法接受，他难以割舍彼此间这一生一世的交情，于是便接连命笔，为梅尧臣写了墓志铭和祭文。

祭文的前半部分，记述了梅尧臣的生前往事。作者追忆了彼此在洛阳初识时的一见如故，"读书饮酒，握手相欢"，当年何其怡情畅然的生活。不过，美好的事情总不能长久，此后近三十年的时间里，双方总是聚少离多，直到嘉祐年间，欧阳修荐举梅尧臣任国子监直讲，两个老朋友才又得以在京城聚首。然而，天有不测风云，就在梅尧臣声名日隆之际，却突遭疾疫而丧命。

祭文的后半部分，作者抒发了死生难测的感慨。在世人心目中，梅老先生是个"子心宽易，在险如夷"的仁厚君子，这样的人理应长寿才对，但事实上，他却偏偏死得这么急，这么早。此时再静下心来细数平生知己，作者惊叹道，"同时一辈，零落之余，惟予子在。子又去我，余存兀然"，就是说，知交老友几乎零落殆尽了，现在只剩自己一个人落寞孤寂地苟活着。

欧阳修与梅尧臣是推心置腹、无所忌讳的朋友，现在梅尧臣去世了，欧阳修在文章里却还像老朋友活着时候一样，他将自己心中的叹惜、不解、苦闷、无奈等情愫，平平淡淡地讲出来。以情取胜是本文的最大特点，文中全是作者的心里话，他并不害怕老友责怪这"纪行琢辞"的祭文写得不好，他只是想跟这位即将远行的朋友表达自己内心的伤痛。"惟声与泪，独出余臆"，真是此心此情，天地可鉴。

祭石曼卿^①文

　　维治平四年^②七月日，具官欧阳修，谨遣尚书都省令史李敭至于太清，以清酌庶羞之奠，致祭于亡友曼卿之墓下，而吊之以文，曰：

　　呜呼曼卿！生而为英，死而为灵。其同乎万物生死而复归于无物者，暂聚之形；不与万物共尽而卓然其不朽者，后世之名。此自古圣贤莫不皆然，而著在简册者昭如日星。

　　呜呼曼卿！吾不见子久矣，犹能仿佛子之平生。其轩昂磊落，突兀峥嵘，而埋藏于地下者，意其不化为朽壤，而为金玉之精。不然，生长松之千尺，产灵芝而九茎。奈何荒烟野蔓，荆棘纵横，风凄露下，走磷飞萤？但见牧童樵叟，歌吟而上下，与夫惊禽骇兽，悲鸣踯躅而咿嘤^③。今固如此，更千秋而万岁兮，安知其不穴藏狐貉与鼯鼪^④？此自古圣贤亦皆然兮，独不见夫累累乎旷野与荒城？

　　呜呼曼卿！盛衰之理，吾固知其如此，而感念畴昔，悲凉凄怆，不觉临风而陨涕者，有愧乎太上⑤之忘情。尚飨⑥！

【注释】

①石曼卿：即石延年（994～1041），字曼卿，南京宋城（今河南商丘睢阳区）人。尤工诗，善书法，有诗集传世。一生不得志，颓然自放。

②治平四年：即公元1067年。治平是宋英宗年号。

③咿嘤（yī yīng）：鸟兽啼叫声。

④狐貉（hé）与鼯（wú）鼪（shēng）：狐狸、貉子、鼯鼠、黄鼠狼。

⑤太上：圣人。

⑥尚飨（xiǎng）：祭文通行的结语，意思是希望死者来享用祭品。

【赏读】

石延年，文武全才，一生却怀才不遇，颓然自放。欧阳修与石曼卿相识在景祐元年（1034），二人同为馆阁校勘，当时欧阳修二十八岁，石曼卿已经近四十岁了。相交虽晚，但两个人却很快成为莫逆之交。其后，宦海沉浮各东西，欧阳修与石曼卿相聚无多。到庆历元年（1041），年仅四十八岁的石曼卿离逝，这令欧阳修深感憾恨，他在《哭曼卿》诗中写道："嗟我识君晚，君时犹壮夫。信哉天下奇，落落不可拘……而今壮士死，痛惜无贤愚。"另外，在《石曼卿墓表》里，欧阳修对曼卿的文章、道德、才华、气度等给予全面赞颂。这篇《祭石曼卿文》作于治平四年（1067），此时距曼卿去世已经26年了，欧阳修仍惦记着这位老友，特地派人去墓前祭拜。所谓"一生一死，乃见交情"，欧阳修与石曼卿的交情就可称为生死之交了。

全文感情丰沛，连用三个"呜呼曼卿"，凄咽悲怆。第一个"呜呼曼卿"，颂赞石曼卿"生而为英，死而为灵"，其不世英名因"著在简册"而"昭如日星"，可以比肩自古圣贤了。第二个"呜呼曼卿"，意在转折，作者要感慨曼卿虽有不世英名，但早已形销神散，唯留眼前这座荒冢。第三个"呜呼曼卿"，作者抚今追昔，悲不可抑，并深愧自己无法像圣人那样做到"忘情"！全文一咏三叹，重在抒情，兼论人的生死、形名，在事实与情感、常识与人情的矛盾中，传达出对这位已故知交的无尽哀思。

这篇祭文在章法上，明显是受到白居易《祭元微之文》，连用五个"呜呼微之"的启发。此外，也借鉴了李煜《昭惠周后诔》连用十四个"呜呼哀哉"营造凄怆意境的手法。这种排比递进式的抒情方式，非常有效地增强了悲情氛围，让文章显得纡徐委备、余情不尽。

　　此文作于欧阳修解去尚书左丞、罢参知政事，出知亳州期间。事实上，这段时间他一连为好几个至交朋友写了致祭文章，深有"感念畴昔"的味道。此时的欧阳修，历尽人生艰辛，已是风烛残年，他对政治、官场早已心灰意冷，更愿意回忆年轻时的往事。当想到平生挚友多半零落，而自己也是来日无多时，欧阳修非常感伤，也因此抓紧时间，写了一连串悲情无比的祭文。

卷六　骨鲠忠正　至论名言标千古

君子则不然，所守者道义，所行者忠信，所惜者名节。

贾谊不至公卿论

论曰：汉兴，本恭俭，革弊末，移风俗之厚者，以孝文为称首；议礼乐，兴制度，切当世之务者，惟贾生为美谈。天子方忻然说之，倚以为用，而卒遭周勃、东阳之毁，以谓儒学之生纷乱诸事，由是斥去，竟以忧死①。班史赞之，以"谊天年早终，虽不至公卿，未为不遇"。

予切惑之，尝试论之曰：孝文之兴，汉三世矣。孤秦之弊未救，诸吕之危继作；南北兴两军之诛，京师新蹀血②之变。而文帝由代邸嗣汉位，天下初定，人心未集，方且破觚斫雕，衣绨履革③，务率敦朴，推行恭俭。故改作之议谦于未遑，制度之风阙然不讲者，二十余年矣。而谊因痛哭以悯世，太息而著论。况是时方隅未宁，表里未辑，匈奴桀黠，朝那、上郡，萧然苦兵；侯王僭拟，淮南、济北，继以见戮。谊指陈当世之宜，规画亿载之策，愿试属国以系单于之颈④，请分诸子以弱侯王之势⑤。上徒善其言而不克用。

又若鉴秦俗之薄恶，指汉风之奢侈，叹屋壁之被帝服，愤优倡之为后饰。请设庠序，述宗周之长久；深戒刑罚，明孤秦之速亡。譬人主之如堂，所以优臣子之礼；置天下于大器，所以见安危之几。诸所以日不可胜，而文帝卒能拱默化理、推行恭俭、缓除刑罚、善养臣下者，谊之所言，略施行矣。故天下以谓可任公卿，而刘向亦称远过伊、管⑥。然卒以不用者，得非孝文之初立日浅，而宿将老臣方握其事，或艾旗斩级矢石之勇，或鼓刀贩缯贾竖之人⑦，朴而少文，昧于大体，相与非斥，至于谪去。则谊之不遇，可胜叹哉！

且以谊之所陈，孝文略施其术，犹能比德于成、康⑧。况用于朝廷之间，坐于廊庙之上，则举大汉之风，登三皇之首，犹决壅捽坠⑨耳。奈何俯抑佐王之略，远致诸侯之间！故谊过长沙作赋以吊汨罗⑩，而太史公传于屈原之后，明其若屈原之忠而遭弃逐也。而班固不讥文帝之远贤，痛贾生之不用，但谓其天年早终。且谊以失志忧伤而横夭，岂曰天年乎！则固之善志，逮与《春秋》褒贬万一矣。谨论。

【注释】

①"而卒遭周勃、东阳之毁"句：周勃，汉初重臣，封绛侯。东阳，此指东阳侯，张相如。《汉书·贾谊传》

记载："谊以为汉兴二十余年，天下和洽，宜当改正朔，易服色制度，定官名，兴礼乐。乃草具其仪法，色上黄，数用五，为官名悉更，奏之。文帝谦让未皇也。然诸法令所更定，及列侯就国，其说皆谊发之。于是天子议以谊任公卿之位。绛、灌、东阳侯、冯敬之属尽害之，乃毁谊曰：'雒阳之人年少初学，专欲擅权，纷乱诸事。'于是天子后亦疏之，不用其议，以谊为长沙王太傅。"三年后，贾谊再次被召回长安，为梁怀王太傅。汉文帝前元十一年（前169），梁怀王坠马而死，贾谊深自歉疚，于次年抑郁而亡，时仅三十三岁。

②蹀血：血流成河，踏血前行。形容杀人之多。蹀，踏。

③破觚（gū）斫（zhuó）雕，衣（yì）绨（tì）履革：打破酒器、劈坏雕琢之器，穿粗糙的衣服。觚，盛酒器。斫，砍、剁。绨，比绸子厚实而粗糙的纺织品，用丝做经，用棉线做纬。

④愿试属国以系单（chán）于之颈：贾谊曾自荐充任典属国一职，欲用计降服匈奴。属国，典属国简称，汉代官名，掌管少数民族事务。单于，匈奴的君主。

⑤请分诸子以弱侯王之势：贾谊在《治安策》中认为，汉初旧制以嫡子继承侯王位，会导致诸侯国势力过大，不利于中央统治，故而，他提出应该让庶子也可以

继承侯王封地的建议。这实是要逐渐削弱诸侯势力，堪称汉武帝"推恩令"政策的雏形。

⑥而刘向亦称远过伊、管：《汉书·贾谊传赞》载："刘向称：贾谊言三代与秦治乱之意，其论甚美，通达国体，虽古之伊、管未能远过也。"伊，伊尹。管，管仲。二位都是古代能臣。

⑦或艾旗斩级矢石之勇，或鼓刀贩缯贾竖之人：艾，通"刈"，割断。鼓刀，借指屠夫。贾竖，对商人的蔑称。周勃少时以织薄曲为生，灌婴少时以贩缯为生。

⑧比德于成、康：与周成王、周康王的功德相媲美。

⑨决壅（yōng）捭（bài）坠：去除水道壅塞以后，水流顺畅；稗草上籽粒成熟了，脱落下来。形容事情水到渠成，轻而易举。壅，堵塞。捭，通"稗"，形状像稻的草本植物。

⑩汨（mì）罗：江名，在湖南省东北部。贾谊被贬为长沙王太傅，欲渡湘水，想起这里正是当年屈原被放逐所经之地，对于前代这位尽忠事君的诗人的不幸遭遇，贾谊深致伤悼，引为同道，遂写下了《吊屈原赋》。司马迁作《史记》，将贾谊传合在屈原传之后，并全文收录贾谊的《吊屈原赋》，也是表明二者有相似的命运。

【赏读】

宋代科举要考策论，即考察应试者对时事的分析、评判、表达以及知识储备等方面的综合能力，考试目的与我们现在的公务员"申论"考试十分类似。这篇《贾谊不至公卿论》便是欧阳修的应试之作。

欧阳修的议论文章素以见解独到、无所避讳著称。在本文里，对于贾谊多才为累、被群小排挤，以致英年早逝的悲惨遭遇，欧阳修直接指出责任在于"文帝远贤"，将议论的矛头直指皇帝。

尤为难得的是，在应试的文章里，欧阳修放弃了四平八稳的论调，出语惊人，直指最高统治者的弊病。可见，在他心目中，正义和真理是高于个人功名的。也许有人会认为这大概是初生牛犊的狂言，是不成熟的作品，但事实上，这篇文章不论是逻辑还是骈化的行文，都足以说明其为欧阳修深思熟虑的作品。文章之所以如此切中要害，根本上缘于欧阳修做人的锐气、他的政治锋芒以及他实事求是的作风。纵观欧阳修一生，这些品质是他一以贯之的，从未消歇。

但是，锋芒太露，必遭暗算，欧阳修的老师晏殊对此早有预感。在殿试环节，他有意判欧阳修第十四名，目的就是希望欧阳修能收敛一下锐气，以此提醒他要懂得官场沉潜的规则。不过，人的天赋秉性是很难撼动的，欧阳修固执地坚持着自己的本色，恩师的善意提醒最终并没能在他身上起作用。

伐树记

署之东园，久莱①不治。修至，始辟之，粪瘠溉枯，为蔬圃十数畦，又植花果桐竹凡百本。春阳既浮，萌者将动。园之守启曰："园有樗②焉，其根壮而叶大。根壮则梗地脉，耗阳气，而新植者不得滋；叶大则阴翳③蒙碍，而新植者不得畅以茂。又其材拳曲臃肿，疏轻而不坚，不足养，是宜伐。"因尽薪之。明日，圃之守又曰："圃之南有杏焉，凡其根庇之广可六七尺，其下之地最壤腴，以杏故，特不得蔬，是亦宜薪。"修曰："噫！今杏方春且华，将待其实，若独不能损数畦之广为杏地邪？"因勿伐。

既而悟且叹曰："吁！庄周之说曰：樗、栎以不材终其天年，桂、漆以有用而见伤夭。今樗诚不材矣，然一旦悉翦弃；杏之体最坚密，美泽可用，反见存。岂才不才各遭其时之可否邪？"

他日，客有过修者。仆夫曳薪过堂下，因指而语客以所疑。客曰："是何怪邪？夫以无用处无用，庄周之贵也。以无用而贼④有用，乌能免哉！彼杏之有华实也，以有生之具而庇其根，幸矣。若桂、漆之不能逃乎斤斧者，盖有利之者在死，势不得以生也，与乎杏实异矣。今樗之臃肿不材，而以壮大害物，其见伐，诚宜尔。与夫才者死、不才者生之说，又异矣。凡物幸之与不幸，视其处之而已。"客既去，修然其言而记之。

【注释】

①莱（fú）：杂草丛生。

②樗（chū）：落叶乔木，即臭椿。

③翳（yì）：遮蔽。

④贼：侵害。

【赏读】

欧阳修在治理自家园子时，砍去了硕大无用的樗树，留下了能开花结果的杏树。本来，这是极正常不过的一件小事，但作者却联想到庄子在《逍遥游》里提出的"才者死，不才者生"的观点。针对庄子在《逍遥游》里所言"吾有大树，人谓之樗，其大本拥，肿而不中绳墨，其小枝卷曲而不中规矩，立之途，匠者不顾"，他写了这篇翻案文章，阐述"凡物幸之与不幸，视其处之而已”的观点。

　　事实上，赞同这种观点的人不止欧阳修一个。李斯就说过“人之贤不肖譬如鼠矣，在所自处耳”。同为老鼠，厕中群鼠瘦小不堪，食污秽之物，每当人来狗撵，便要仓惶逃窜；而粮仓中的肥硕老鼠，整日吃着好粮，住在大仓房里，没有人、狗追撵的烦恼。用现代人的话说，这其实就是发展平台带给人不一样的幸福指数。试想，姜子牙如果一直在渭水边没人搭理，那么，他不过就是一个普普通通的老头；而当他得到文王赏识，做了太师，有了指挥千军万马的权力，他才可以说是真正登上了发挥个人才干的舞台。人生的穷达际遇，何尝不是如此！

　　由治理园中树，欧阳修生发了这一通感慨，貌似小题大做，实则并非无病呻吟。联系时代背景，可以知道当时正值北宋内忧外患交迫之际，有识之士热切希望皇帝能够虚怀纳谏，重用能臣，剔弃庸夫。怀有革新主张的欧阳修，此时初入仕途，年轻气盛，胸中有宏远的政治抱负，而现实却无施展才能的平台。因而，他作这篇文章，暗寓了对朝廷改革现行用人政策弊端的期待。

养鱼记

　　折檐之前有隙地，方四五丈，直对非非堂。修竹环绕荫映，未尝植物，因洿①以为池。不方不圆，任其地形；不甃②不筑，全其自然。纵锸③以浚④之，汲井以盈之。湛乎汪洋，晶乎清明。微风而波，无波而平。若星若月，精彩下入。予偃息其上，潜形于毫芒；循漪沿岸，渺然有江湖千里之想。斯足以舒忧隘而娱穷独也。

　　乃求渔者之罟⑤，市数十鱼，童子养之乎其中。童子以为斗斛之水不能广其容，盖活其小者而弃其大者。怪而问之，且以是对。嗟乎！其童子无乃嚚昏而无识矣乎！予观巨鱼枯涸在旁，不得其所，而群小鱼游戏乎浅狭之间，有若自足焉。感之而作《养鱼记》。

【注释】

　　①洿（wū）：低洼的地方，这里是挖掘的意思。

②甃（zhòu）：用砖砌。

③锸（chā）：铁锹。

④浚（jùn）：疏通。

⑤罟（gǔ）：捕鱼的网。

【赏读】

本文是一篇抒情与讽刺兼而有之的小品文，作于欧阳修在洛阳任西京留守推官时期。此时的欧阳修并不满足于自己的社会地位和政治待遇，满怀着干一番事业的政治豪情。

文章的前半部分，是典型的绘景状物的生活随笔。那"不方不圆""全其自然"的小池，平添了欧阳修闲适怡神的生活情趣，但也促发他的"江湖千里之想"。不过，欧阳修并不是真的想要归隐江湖，他是想由生活小愉悦而品味人生的况味。在文章的后半部分，作者尽情抒发了自己的独到哲思。由童子"活其小者而弃其大者"荒谬的养鱼行为，让欧阳修大为喟叹巨鱼"不得其所"，而小鱼"有若自足"的遭际，是何其不公平！他进一步推究了这本末倒置的行为责任，则完全在于童子"嚚昏而无识矣"。

这句"嚚昏而无识"当有所指。当时政局是章献太后垂帘听政，幸臣用事专权，黑白颠倒，人才不得进用。这其实无异于文中所谓大鱼"不得其所",而小鱼"有若自足"的境况。因而,这篇文章应该是欧阳修有意伤时刺世而作的。不过,这还是表面文章,欧阳修实则在这里隐隐地提了一个更深刻的问题:大鱼干枯而死,诚然冤屈了大鱼,假如这些大鱼被放入"斗斛之容"的池塘里,就真的"得其所"了吗?或者说,那些得入小池的巨鱼,虽然可以得过一时,但从长远计,他们就真的幸运吗?他们会不会深感蜷曲困顿呢?如此看来,昏聩统治之下的能臣,不论是入世还是弃世,也不管是进还是退,下场都是悲哀的。欧阳修看清了,他在文章里虽然没有明确表达出来,但这个深邃的思虑,着实令他唏嘘不已。

纵囚论

信义行于君子，而刑戮施于小人。刑入于死者，乃罪大恶极，此又小人之尤甚者也。宁以义死，不苟幸生，而视死如归，此又君子之尤难者也。

方唐太宗①之六年，录大辟②囚三百余人，纵使还家，约其自归以就死。是以君子之难能，期小人之尤者以必能也。其囚及期，而卒自归无后者，是君子之所难，而小人之所易也。此岂近于人情哉？

或曰："罪大恶极，诚小人矣。及施恩德以临之，可使变而为君子，盖恩德入人之深，而移人之速，有如是者矣。"曰："太宗之为此，所以求此名也。然安知夫纵之去也，不意其必来以冀免，所以纵之乎？又安知夫被纵而去也，不意其自归而必获免，所以复来乎？夫意其必来而纵之，是上贼下之情也；意其必免而复来，是下贼上之心也。吾见上下交相贼以成此名也，乌有所谓施恩德与夫知信义者哉！不然，太宗施德于天下，于兹六年矣，不能使小人不为极恶大罪，而一日之恩，能使视死如归而存信义，此又不通之论也。”

“然则何为而可？”曰：“纵而来归，杀之无赦；而又纵之，而又来，则可知为恩德之致尔。然此必无之事也。若夫纵而来归而赦之，可偶一为之尔。若屡为之，则杀人者皆不死，是可为天下之常法乎？不可为常者，其圣人之法乎？是以尧、舜、三王③之治，必本于人情，不立异以为高，不逆情以干誉④。”

【注释】

①唐太宗（599~649）：即李世民，公元627至649年在位，年号贞观。李世民在位期间，唐朝的政治、经济、军事、文化等方面，都达到相当隆盛的程度，史称"贞观之治"。

②大辟：唐代五刑中最重的刑罚——死刑。

③尧、舜、三王：指的是尧、舜、禹、商汤、周文王、周武王，相传他们在位期间，天下是海晏河清、政治清平的盛世。

④干誉：邀名钓誉。

【赏读】

本文的辩锋直指历代帝王的楷模——唐太宗。欧阳修认为唐太宗极度虚伪，贞观六年（632）纵囚一事，则实属不合人情的沽名钓誉之举。无论是唐太宗还是死刑犯，他们的所作所为，无异于相互欺诈，又互相满足彼此的名利需求。故而，欧阳修毫不客气地说，此事没有"所谓施恩德与夫知信义者哉"！论辩至此，文章主旨已明，但作者还觉得意犹未尽，于是又在文末，进一步论说纵囚一事应该如何处置。在作者看来，死刑犯如期归案，无论是杀之还是赦之，都行不通。"杀之"则以后必不会再有死刑犯归案，"赦之"则无异于纵容恶人违法行凶，因而，无论如何都不可为"天下之常法"。

　　唐代贞观之治，虽然确有可称赞之处，但关于唐太宗李世民纵囚一事，《旧唐书·太宗纪》记载："贞观六年（632）十二月辛未，亲录囚徒，归死罪者二百九十人于家，令明年秋末就刑。其后应期毕至，诏悉原之。"此明显是史官的溢美之词。不仅欧阳修专门写文揭穿其中的虚伪，其后的司马光在《资治通鉴·考异》中也曾指出："四年实录云，天下断死罪止二十九人，今年实录乃有二百九十九人，何顿多如此？事已可疑。"

　　欧阳修是北宋著名文学家，也是著名历史学家，一生追求真、善、美，在他心中，容不下任何伪善。这种观念也非常明确地反映在他编撰的《新唐书》和《新五代史》这两部历史巨著里。对诸如太宗纵囚一类的历史记载，欧阳修嗤之以鼻，他毫不留情地判定这个记载是"立异以为高，逆情以干誉"之举。

通观全文，作者从普通人情道理立论，引经据典、层层深入，语言平易，整篇文章鉴古说今、合情入理，极具说服力。

朋党论

　　臣闻朋党之说，自古有之，惟幸人君辨其君子、小人而已。

　　大凡君子与君子以同道为朋，小人与小人以同利为朋，此自然之理也。然臣谓小人无朋，惟君子则有之，其故何哉？小人所好者，禄利也；所贪者，财货也。当其同利之时，暂相党引以为朋者，伪也；及其见利而争先，或利尽而交疏，则反相贼害，虽其兄弟亲戚不能相保。故臣谓小人无朋，其暂为朋者，伪也。君子则不然，所守者道义，所行者忠信，所惜者名节。以之修身，则同道而相益；以之事国，则同心而共济，始终如一，此君子之朋也。故为人君者，但当退小人之伪朋，用君子之真朋，则天下治矣。

　　尧之时，小人共工、驩兜①等四人为一朋，君子八元②、八恺③十六人为一朋。舜佐尧，退四凶小人之朋，而进元、恺君子之朋，尧之天下大治。及舜自为天子，而皋、夔、稷、契④等二十二人并列于朝，更相称美，更相推让，凡二十二人为一朋，而舜皆用之，天下亦大治。《书》曰："纣有臣亿万，惟亿万心；周有臣三千，惟一心。"⑤纣之时，亿万人各异心，可谓不为朋矣，然纣以亡国。周武王之臣，三千人为一大朋，而周用以兴。后汉献帝时，尽取天下名士囚禁之，目为党人⑥。及黄巾贼起，汉室大乱，后方悔悟，尽解党人而释之，然已无救矣。唐之晚年，渐起朋党之论⑦，及昭宗时，尽杀朝之名士，或投之黄河⑧，曰："此辈清流，可投浊流。"而唐遂亡矣。

夫前世之主，能使人人异心不为朋，莫如纣；能禁绝善人为朋，莫如汉献帝；能诛戮清流之朋，莫如唐昭宗之世：然皆乱亡其国。更相称美推让而不自疑，莫如舜之二十二臣，舜亦不疑而皆用之。然而后世不诮⑨舜为二十二人朋党所欺，而称舜为聪明之圣者，以能辨君子与小人也。周武之世，举其国之臣三千人共为一朋，自古为朋之多且大莫如周，然周用此以兴者，善人虽多而不厌也。

嗟呼！夫兴亡治乱之迹，为人君者可以鉴矣！

【注释】

①共工、驩（huān）兜：古代传说的"四凶"，即共工、驩兜、三苗、鲧，传说他们四个都是恶人。

②八元：上古帝喾的八位贤臣，分别是伯奋、仲堪、叔献、季仲、伯虎、仲熊、叔豹、季狸。

③八恺：上古颛顼的八位贤臣，分别是苍舒、隤敳、梼戭、大临、尨降、庭坚、仲容、叔达。恺，和善。八元、八恺，典出《左传·文公十八年》。

④皋、夔（kuí）、稷、契（xiè）：舜的贤臣。皋，即皋陶，掌管刑狱。夔，掌音乐。稷，农官。契，掌教育。

⑤《书》曰句：出自《尚书·泰誓》，是周武王伐纣会师孟津时所作。

⑥后汉献帝时，尽取天下名士囚禁之，目为党人：此句应为欧阳修误记。因为汉末党锢发生在桓帝、灵帝时期，不在献帝时。

⑦朋党之论：指的是历经唐穆宗至唐宣宗数朝的牛李党争。

⑧及昭宗时，尽杀朝之名士，或投之黄河：唐昭宣帝天祐二年（905），李振唆使朱全忠杀死朝臣裴枢等七人，投之黄河。文中，欧阳修误记为"昭宗时"。

⑨诮（qiào）：责备。

【赏读】

朋党，即朋比结党也，历来就是贬义词。《论语·卫灵公》中，有君子"群而不党"之说；《离骚》有"惟夫党人之偷乐兮，路幽昧以险隘"；《荀子·臣道》里说，"朋党比周，以环主图私为务，是篡臣者也"。所认，自先秦时代起，朋党就被视作动摇统治的一股邪恶势力，是统治者们最大的忧惧。而统治者的这种心态，往往就成为别有用心的政客假公济私的窍门，他们装作替江山社稷忧虑的模样，歪曲忠直之士，冠之以"朋党"的恶名，巧言令色，诱骗最高统治者误判，从而达到排斥异己的目的。

景祐三年（1036），权相吕夷简弹劾范仲淹，就用了"荐引朋党，离间君臣"这一子虚乌有的罪名，轻而易举地说服了宋仁宗，将改革派一一贬谪外任。庆历三年（1043），范仲淹、富弼、韩琦等同时执政，推行"庆历新政"，再次引发保守派的群起进攻。以内侍蓝元震、夏竦为代表的保守派，再次故伎重演，冠冕堂皇地诬称："今一人私党，止作十数，合五、六人，门下党与己无虑五六十人。使此五六十人，递相提挈，不过三二年，布满要路，则误朝迷国，谁敢有言？挟恨报仇，何施不可？九重至深，万机至重，何由察知？"对于此番无稽之谈，范仲淹慷慨应对："方以类聚，物以群分，自古以来，邪正在朝，未尝不各为一党，不可禁也，在圣鉴辨之耳。诚使君子相朋为善，其于国家何害！"

欧阳修对那些操"朋党"滥调子、行排斥异己之实的小人，是深恶痛绝的。他在《新五代史·唐六臣传论》里，对"党论"之祸，做过淋漓的抨击："呜呼！始为朋党之论者谁欤？甚乎作俑者也，真可谓不仁之人哉！"这篇《朋党论》，既是欧阳修呼应范仲淹在朝堂上的表态，也是为了帮助皇帝明辨邪善，做出正确判断而写的。文章开宗明义，与范仲淹态度一致，欧阳修也坦然肯定"朋党"的存在是"自然之理"，但问题关键在于人君善于辨明邪正，即"惟幸人君辨其君子、小人而已"。而且，作者还不满足于君主能够辨清是非，他又翻近一层，论述小人实则无朋，君子才是真朋。其原因在于小人喻于利，"利尽而交疏"；君子喻于义，守道义、行忠信、惜名节，"同心而共济，始终如一"。接着，欧阳修列举史实，或正或反，阐述了任用君子之真朋则国兴，用小人之伪朋则国亡的道理。这样，既承接了上文关于"真朋""伪朋"的论述，又呼应了开篇，解答了要圣主明鉴两种朋党的必要性。

全文举证详实、剖析精当，文气贯通，收煞遒劲，为万代君王开释了"朋党"之疑，可谓千古至论。明代顾锡畴曾评价说："千古朋党之论，经欧公之论而钩镂摘抉无遗，真照妖镜也。"

伶官传序

嗚呼！盛衰之理，虽曰天命，岂非人事哉！原庄宗之所以得天下，与其所以失之者，可以知之矣。

世言晋王[①]之将终也，以三矢赐庄宗[②]而告之曰："梁，吾仇也[③]；燕王，吾所立[④]；契丹，与吾约为兄弟[⑤]，而皆背晋以归梁。此三者，吾遗恨也。与尔三矢，尔其无忘乃父之志！"庄宗受而藏之于庙。其后用兵，则遣从事以一少牢告庙，请其矢，盛以锦囊，负而前驱，及凯旋而纳之。

方其系燕父子以组，函梁君臣之首，入于太庙，还矢先王而告以成功，其意气之盛，可谓壮哉！及仇雠已灭，天下已定，一夫夜呼，乱者四应，仓皇东出，未及见贼，而士卒离散，君臣相顾，不知所归；至于誓天断发，泣下沾襟，何其衰也！岂得之难而失之易欤？抑本其成败之迹，而皆自于人欤？

《书》曰："满招损，谦受益。"忧劳可以兴国，逸豫可以亡身，自然之理也。故方其盛也，举天下之豪杰莫能与之争；及其衰也，数十伶人困之，而身死国灭，为天下笑。夫祸患常积于忽微，而智勇多困于所溺，岂独伶人也哉！作《伶官传》。

【注释】

①晋王：李克用（856～908），本西突厥族，世为沙陀部酋长。因助唐镇压黄巢起义军，而被封为晋王。

②庄宗：李存勖（885～926），在父亲李克用死后继位。灭梁称帝，是为唐庄宗，建都洛阳，威震四邻。

③梁，吾仇也：梁指朱温。朱温曾被黄巢起义军围困，求救于李克用。当黄巢败退后，朱温请李克用入开封赴宴，将其诱致大醉，然后出伏兵袭击，李克用几乎不免。其后，二人又因争夺河北，连年征战不已，因而，双方结下深仇。

④燕王，吾所立：这是夸大其词了。李克用曾保荐过刘守光的父亲刘仁恭为幽州卢龙节度使，后来刘仁恭不听李克用调遣。乾宁三、四年间（896～897），唐昭宗被挟持于华州，李克用欲勤王，多次向刘仁恭求兵，仁恭不与。李克用亲自率兵讨伐，结果大败而归。从此，燕背晋归梁。

⑤契丹，与吾约为兄弟：契丹本是北方的一个少数民族。天祐二年（905）朱温欲篡唐，李克用与契丹耶律

阿保机在云州（今山西大同），结为兄弟，谋共举兵攻梁。但阿保机回来以后，却请梁册封，约共举兵灭晋，故李克用父子誓死灭契丹以伸恨。

【赏读】

五代是中国历史上出名的乱世，欧阳修作《新五代史》，便有以史为鉴，让后世统治者足以为戒的目的。《欧阳文忠公集·附录》卷五载其长子欧阳发所作《先公事迹》，其中云："先公……自撰《五代史》七十四卷……褒贬善恶，为法精密。发论必以'呜呼'，曰：'此乱世之书也。'"

《伶官传》是一篇合传，记载四个伶人——敬新磨、景进、史彦琼、郭从谦的事迹。其中，敬新磨善于讽谏。而其他三人则都出入官掖，货赂交行，偶不逞意，便诬人以罪，以致大臣破家灭族、相互忌惮、上下离心、祸乱不止。至同光四年（926），庄宗李存勖本人也死于郭从谦之手。

这篇用以"序"《伶官传》的文章，实则是论说文，因而许多人又称它为《伶官传论》，是一篇极具文艺性的议论文。本文李克用临终嘱托和"与尔三矢"的情节，则人物愤恨盈胸、激励复仇，仿佛须眉皆动；写李存勖"受而藏之于庙""意气之盛"，及至"仓皇东出""泣下沾襟"，则庄宗继位之初凝重英毅，待成功之后，继之以衰惰的神态都跃然纸上了。可见，欧阳修此文极富形象性。更为难得的是，这里记录的李克用临终之言，与李存勖"受而藏"的情节，是世人传言的，即查无实据。这样的内容虽然不适合写入史传，但因其非常符合两位英雄人物的精神特质，所以欧阳修将其记入这篇序里。既能夸赞李存勖果敢英毅，又能避免与传记正文内容雷同，可谓一举两得。

本文的脉络也非常清晰，在叙述完"庄宗之所以得天下"，"其意气之盛，可谓壮哉"之后，作者笔锋一转，写"君臣相顾，不知所归"，"何其衰也"！这一盛一衰的强烈反差，正好印证了"成败之迹，皆自于人"的观点，同时也呼应了开篇"盛衰之理……岂非人事哉"的要旨。最后，作者说，"忧劳可以兴国，逸豫可以亡身"，实际上解释了"事在人为"，人的精神状态对事业成败的决定作用。这句点睛之笔，起到进一步深化主题的作用。

尺幅短章，人物描写逼真、情节生动、结构跌宕、一唱三叹，行文中兼有排偶句式穿插其中，增强了行文气势，沈德潜说此文"直可与史迁相为颉颃"（《古文观止》卷一〇），信非虚誉。

富贵贫贱说

　　贫贱常思富贵，富贵必履危机，此古人之所叹也。惟不思而得、既得而不患失之者，其庶几乎！富贵易安而患于难守，贫贱难处而患于易夺。居富贵而能守者，周公[①]也；在贫贱而能久者，颜回[②]也。然为颜回者易，为周公者难也。君子、小人之用心常异趣，于此见之。小人莫不欲富贵而不知所以守，是趣祸罪而惟恐不及也。君子莫不安于贫贱，为小人者不闵则笑，是闵笑人之不舍其所乐而趋于祸罪也。其为大趣相反如此，则其所为，不得不事事异也。故与小人共事者难于和同，凡事不和同则不济。古之君子有用权以合正者，为至难也。若其事君之忠主于诚信，有欲济其事，顾不害其正，亦有用权之助者，此可以理得，难以言传。孔子所以置而不论也。推诚以接物，有害其身者，仁人不悔也，所谓杀身以成仁。然其所济者远矣，非常情之可企至也。

【注释】

①周公：或作周公旦。姬姓，名旦，周文王子，周武王弟。辅佐武王伐纣，并制作礼乐。因其采邑在周，爵为上公，故称周公。周公是西周初期杰出的政治家、军事家、思想家、教育家。

②颜回（前521～前490）：字子渊，春秋末期鲁国人。拜孔子为师，终生师事之，是孔子最得意的门生。孔子称赞颜回好学、是仁人。历代帝王、文人学士都对颜回推尊有加。

【赏读】

本文实际是从人对贫富的习惯思维入手的。所谓"贫贱常思富贵，富贵必履危机""富贵易安而患于难守，贫贱难处而患于易夺"，这是人之常情，也符合富贵与贫贱二者相互转化的规律。欧阳修由此分析了君子与小人的巨大的心理差异。他说："小人莫不欲富贵而不知所以守……君子莫不安于贫贱，为小人者不闷则笑"，君子固穷，且能甘守贫贱；而小人穷则思乱，但守不住富贵。两相比照，作者认为与小人共事非常难！

欧阳修憎恶小人，他骂小人"谗人乱国"，是一群苍蝇。为此，他还特意写过《憎苍蝇赋》。从其一生经历看，无论是"庆历新政"的失败，还是他个人屡遭诬陷等，都与群小作祟有关。因而，我们也就不难理解为什么欧阳修对小人深恶痛绝了。小人"事事异也""故与小人共事者难于和同，凡事不和同则不济"，应该说是作者一生经验教训的总结。

道理虽然讲明白了，但问题还在。既然小人极端自私，难于相处，且又摆脱不掉，那么，君子怎样才能成大事呢？欧阳修认为，君子可以"有欲济其事，顾不害其正，亦有用权之助者"，意思就是君子为了成大事，可以利用手中权力，迫使"难于和同"的小人就范。这明显是强权主义了，摆明了就是要强行压制小人，使其听话。作者解释说，这样做的原因是为了千秋大计着想，"其所济者远矣，非常情之可企至也"，言外之意，是非常人用非常手段，谋取非常之事。总之，就是赞成君子使用铁腕手段。

这篇短文，是欧阳修晚年练字时随心意写在纸上的。没有什么事先谋篇，也没有什么华丽词句，只是信笔而书，但却条理井然，平淡中透着深邃，让人感觉到作者正直刚毅、骨鲠不阿的气度。

诲学说

玉不琢，不成器；人不学，不知道①。然玉之为物，有不变之常德，虽不琢以为器，而犹不害为玉也。人之性，因物则迁，不学，则舍君子而为小人，可不念哉？付奕。

【注释】

①玉不琢，不成器；人不学，不知道：出自《礼记·学记》，意思是玉的质地再好，如果不经过琢磨，也不能成为有用的器皿；人的天资再聪慧，如果不肯学习，也不会明白为人处世的道理。

【赏读】

《礼记·学记》中，将君子比作雕琢成器的美玉，强调后天学习进取的重要性。而欧阳修在此基础之上，又更进一层，他对比了玉与人的天然资质，认为玉温润含蓄，即便不加雕琢，也仍因其常德而名贵；而人之本性，随外在境遇而变化，很容易见异思迁，堕落成没有道德学识的小人。故而，欧阳修在这里更强调人的自律性。

　　欧阳修自幼承寡母呕心抚养、殷切训诫，最终成为"一代文宗"，他深知学习的重要性。所以，当晚年信笔写下这则书帖的时候，想必他心中浮现的是对母亲的万般感激之情。此时的欧阳修，一定认为报答母亲的最好礼物，就是把这珍贵的家学传承下去，而他也确实是这么要求子侄辈的。在《与十三侄奉职书》里，他反复叮嘱十三侄欧阳奉职，要好好管教自己的弟弟，"更宜戒约，勿令出入，无事令学书识，取些字。从来失教训，是事不会，男子如此，何以养身"？这封家信里，欧阳修没有一丝讳饰，全用大白话，讲的都是人情道理，字字流露出对晚辈学业荒芜、一事无成的焦虑。

　　君子不虚行，行必有正。然而，人间正道总是沧桑的，这就要求人必须有足够的毅力，才能守住正道，若稍有懈怠，即文中所说"因物而迁"，便是自我沉沦的开始。而欧阳修的一生，始终坚守正道，砥砺前行，不曾为名利所动，堪称君子中的楷模。

廉耻说

　　廉耻，士君子之大节。罕能自守者，利欲胜之耳。物有为其所胜，虽善守者或牵而去。故孟子谓勇过贲育①者，诚有旨哉！君子之道，暗然而日彰②。而今人求速誉，遂得速毁以自损者，理之当然。

【注释】

　　①贲育：战国时期两位勇士，孟贲和夏育。

　　②暗然而日彰：出自《中庸》，意思是君子之道，外表平淡而实则内具意味。君子的高贵品德，会随着时间推移而渐渐显露出来。

【赏读】

　　礼义廉耻，是儒家的道德准则和行为规范。管仲说："礼义廉耻，国之四维；四维不张，国乃灭亡。"四者中，廉耻尤为重要，是立身之大节。这是因为不知廉，则无所不取；不明耻，则无所顾忌。

　　进而，文章又分析了人为什么不能守廉，原因在于"利欲胜之耳"，即强调物质欲望对一个人心志的动摇，乃至"虽善守者或牵而去"，这可谓晚节不保了。

　　这只有七十余字的精短论说，应该是欧阳修有感于现状而发的。宋代一直存在着冗吏的弊端，及至中期，官吏勾结、贪赃枉法的问题已十分严重。号称太平盛世的仁宗朝，竟也发生过开封府吏冯士元贪赃的案件，上下勾连、错综复杂。不仅开封府前任、现任的正副长官与嫌犯串通起来营私，甚至连中央三大核心机构——政事堂、枢密院、御史台的官吏，也都牵涉其中！天子眼皮底下的官员，都敢这么肆无忌惮，那么，全国上下又该是何等乌烟瘴气的贪腐状况呢！

　　不过，欧阳修最终还是认为人间正道，自有天定。那些急功近利的小人"求速誉"，却往往落得个身败名裂的下场。同时，他又引用《中庸》"君子之道，暗然而日彰"，说明人应该守正平和，有道德自律感的君子，最后还是经得起时间的考验的。

图书在版编目（CIP）数据

欧阳修小品／（宋）欧阳修著；李谷乔注评. —郑
州：中州古籍出版社，2020.12
（唐宋小品丛书／欧明俊主编）
ISBN 978-7-5348-9531-9

Ⅰ. ①欧… Ⅱ. ①欧… ②李… Ⅲ. ①小品文-作品
集-中国-宋代 Ⅳ. ①I264.4

中国版本图书馆 CIP 数据核字（2020）第 239610 号

欧阳修小品

选题策划　梁瑞霞
责任编辑　张　雯
责任校对　张　颖
装帧设计　书籍/设计/工坊
　　　　　　刘运来工作室

出　版　中州古籍出版社
　　　　　地址：郑州市郑东新区祥盛街 27 号 6 层
　　　　　邮编：450016
　　　　　电话：0371-65788693
印　刷　河南新华印刷集团有限公司
版　次　2020 年 12 月第 1 版
印　次　2020 年 12 月第 1 次印刷
开　本　787 毫米×1092 毫米　1/32
印　张　9.75 印张
字　数　200 千字
定　价　48.00 元